D1729467

Sheena Porter
Sabotage am Staudamm

Sheena Porter

Sabotage am Staudamm

Rex-Verlag Luzern/München

Titel des englischen Originals:

THE VALLEY OF CARREG-WEN

Erschienen bei Oxford University Press, London

Deutsche Übersetzung von Annemarie Puttkamer

© 1972 by Rex-Verlag Luzern/München

Gestaltung des Schutzumschlages: Otto Lehmann

Druck: A. Röthlin, Sins

Einband: Verlagsbuchbinderei An der Reuß AG, Luzern

ISBN 3 7252 0230 3

INHALT

EIN SPAZIERGANG

Lange hatte sie den Reiher beobachtet. Es war das erstemal, daß sie einen beim Moor sah. Als er aus dem Wasser heraus stieg, hatte sie erwartet, er würde gleich davon fliegen. Doch er blieb noch lange am Ufer stehen und putzte sich. Als er sich dann endlich auf seinen langen, schleppenden Flügeln in die Luft erhob und fortflog, sprang sie ebenfalls auf und eilte zum Fluß hinunter, um nach Federn zu suchen. Sie besaß schon eine ganz hübsche Sammlung davon, alle auf dem Fensterbrett ihres Schlafzimmers aufgereiht, aber nie hatte sie damit gerechnet, eine Reiherfeder dabei zu haben.

Sie fand eine Menge davon verstreut auf der Erde, meistens kleine grauweiße und auch ein paar gescheckte und suchte sich die besten von jeder Art aus. Die übrigen verwehten über das kurze Ufergras und trieben weiter aufs Wasser hinaus, wo sie ruhig liegen blieben.

Lyn ging rund um den See herum, der in braunem Moorland lag. Sie war ein paar Wochen lang nicht hier gewesen und hatte den Anblick vermißt. Myf und Mabli, die beiden schwarzen Schäferhunde ihres Vaters, folgten dicht hinter ihr und liefen nur zum Trinken ans Wasser, wenn sie es ihnen ausdrücklich erlaubte. Ihr Vater war sehr streng mit seinen Hunden, und mit seinen Kindern gleichfalls, dachte Lyn manchmal.

Als sie wieder zu der Stelle kam, wo der Reiher gestanden hatte, schlug sie einen Pfad ein, der zwischen den höchsten Klippen des Carreg-Wen hindurch und dann ins Tal hinab führte. Am Anfang der Klippen aber blieb sie zum zweitenmal stehen. Es war für sie der schönste Blick aufs Tal hinunter, und sie blieb hier immer stehen, an einen der großen Felsen gelehnt, die dem Tal seinen Namen gaben. Von hier aus sah sie nach Bryn hinüber, auf ihr eigenes Haus und das der Owens' ein Stückchen weiter hinten. Der Fluß, der Gam, war noch weiter rückwärts, und dann war da noch die Straße, die sich im Schatten des steil ansteigenden Moorlandes dahinwand und an dem Bauplatz der Talsperre vorüber führte mit all seinem Staub und weithin hallenden Maschinengerassel. Es war nur ein enges Tal, aber Lyn war hier geboren, und sie fand es wunderschön.

Sie riß sich von dem Felsen los, wandte sich talabwärts und überließ es den Klippen des Carreg-Wen und den Wassern des Llyn-Moores, auf einen zweiten Besuch des Reihers zu warten.

Sie ließ das dünne Gras, den welkenden Farn und die rauhen Steine des Pfades hinter sich und kam zu dem Weideland des Tals und einem breiten Weg zwischen Steinmauern. Dieses Jahr war alles sehr trocken, Staub wehte, wo für gewöhnlich

Schlamm klebte, und der Gam-Fluß war so niedrig, wie Lyn sich nicht erinnern konnte, ihn je gesehen zu haben. Man schaute auf glatte Kieseln und flache Pfützen, wo sonst Wasser strömte.

Sie begann sich zu beeilen, weil sie plötzlich bemerkte, daß Mabli, die Mutter von Myf und eine prächtige Schäferhündin, nicht mehr ruhig bei Fuß ging, sondern voraus rannte. Das konnte nur bedeuten, daß sie zu Hause gebraucht wurde. Auf irgendeine rätselhafte Weise schien Mabli zu wissen, wann das der Fall war. Schon oft war sie plötzlich neben Mr. Morgan aufgetaucht, wenn er sie, in der Meinung, sie nicht zu brauchen, daheim gelassen hatte und jetzt herbei wünschte.

Als Lyn sich dem Obstgarten hinter ihrem Haus näherte, wo die Wäscheleine ihrer Mutter zwischen den Apfelbäumen gespannt war und die Hühner durch das Gras liefen, sah sie ihren Vater, der am Gatter lehnte und sie beobachtete.

Als sie zur Pforte kam, stieß er sie auf. «Wo bist du gewesen, Mädchen?» fragte er ärgerlich. «Ich hab auf die Hunde gewartet, wahrhaftig. Und Mama wartet auf dich, also schick dich.»

«Ja, das tu ich ja schon.» Lyn schob sich rasch durch die Pforte. «Ich war nur oben am Llyn, aber ich hab da einen Reiher beobachtet, und ich wußte nicht, daß es schon so spät war. Was will Mama von mir?»

Er zuckte die Schultern. «Geht mich nichts an. Geh und frag sie. Mach die Pforte hinter dir zu und geh nicht noch mal mit *beiden* Hunden so lange fort. Verstanden?»

Lyn nickte und zog scharf die Pforte hinter sich zu, dann schnitt sie ihm hinter seinem Rücken eine Grimasse, während er, gefolgt von den schwarzen Hunden, in der Richtung auf Bryn davon ging.

Er war ein kleiner Mann, schmal und bräunlich, so daß Lyn, obwohl sie selber nicht besonders groß war, ihn beinahe überragte, während sie auch schon ein ganzes Stück größer war als ihre Mutter. Sie schlenderte durch den Obstgarten und dann durch den kleinen, gepflegten Blumengarten. Plötzlich war ihr heiß, sie fühlte sich müde und auch ein bißchen gelangweilt.

Die Küche war dunkel und kam ihr nach dem Sonnenschein draußen kalt vor. Sie war auch leer, wenigstens glaubte sie das. Dann aber hörte sie eine leise, lallende Stimme sagen: «Ba ba ba. Da da da. Ba ba.» Lyn wandte sich um und sah Emrys in seinem Körbchen liegen, beide Beine hoch in der Luft, vertieft in die Untersuchung einer Gummi-Ente. Als er Lyn bemerkte, lächelte er süß und hielt ihr die Gummi-Ente zur Betrachtung entgegen.

«Was tust du, Goldiger?» Sie nahm die Ente entgegen und drückte sie dann wieder in sein klebriges Händchen. «Hat Mama dich allein gelassen, was? Weißt du, wo sie hingegangen ist?»

«Nein, sie hat ihn nicht allein gelassen, und sie ist nirgends hingegangen.» Mrs. Morgan sprach mit scharfer Stimme aus der großen Speisekammer

10

neben der Küche. «Wo bist du so lange gewesen, Lyn? Papa hat lange darauf gewartet, daß du die Hunde zurückbringst, und ich wollte zu Owens' runter gehen wegen meiner Wolle. Hast du schon deinen Tee getrunken?»

«Nein, hab ich nicht.» Lyn schüttelte die Schuhe ab, um ihre nackten, braunen Füße auf dem Steinfußboden der Küche zu kühlen. «Ich bin die ganze Zeit oben am Llyn gewesen und habe einen Reiher beobachtet.»

«Und woher sollte ich das wissen?» Die Mutter kam aus der Speisekammer und ergriff den Korb, der vorbereitet auf einem Stuhl stand. Sie war klein und dunkel und wurde augenblicklich ein bißchen dicker als ihr lieb war, aber sie war mehrere Jahre jünger als ihr Mann und immer noch eine hübsche Frau.

«Mach dir also selbst ein bißchen Tee, nicht wahr? Emrys hat sein Fläschchen schon getrunken, aber ich hatte noch keine Zeit, ihn umzuziehen, willst du das also bitte tun und ihn dann gleich zu Bett bringen. Ich gehe zu den Owens' runter, weil Mary diese Wolle eigens von Llanstadt gebracht hat, und ich möchte heute abend noch mit der Arbeit anfangen.»

Sie ging mit ihrem Korb aus der Haustür, kam aber sofort noch einmal zurück. «Es zieht ein Unwetter herauf, ein schlimmes. Wo ist nur mein Regenschirm hingekommen?»

Lyn nahm sich nicht die Mühe, auf diese Frage

11

zu antworten, denn ihre Mutter führte gern Selbstgespräche und erwartete keine Antwort. Statt dessen ging sie mit einem großen Tablett in die Speisekammer und fing an, ihre Teemahlzeit zusammenzustellen.

So oft Lyn Emrys' Beine unter die Decke steckte, zog er sie wieder heraus, und schließlich ließ sie ihn oben auf der Bettdecke liegen. Es war so heiß, daß es bestimmt nicht nötig war, ihn darunter zu stopfen. Sie kniete neben seinem Bettchen nieder, um ihm den Gutnachtkuß zu geben und umkränzte ihn dann mit seiner gewohnten Reihe von Teddybären, von denen er eine hübsche Menge besaß. Sie selber hatte ihm ihre drei alten geschenkt, und dazu hatte er noch vier neue, eigene, Weihnachtsgeschenke von verschiedenen Verwandten und Freunden.

Er war kurz vor Weihnachten aus der Klinik gekommen, wo er geboren war, und Lyn hatte ihm zu Ehren einen besonders großen Christbaum geschmückt, und alle aus dem Tal waren gekommen, um ihn zu sehen und ihm Geschenke zu bringen. Lyn fand, es wäre das froheste Weihnachtsfest gewesen, das sie je erlebt hatten. Es schien noch gar nicht lange her zu sein, aber Emrys war inzwischen doch schon zehn Monate alt, und jetzt konnte sie sich kaum noch die Zeit vorstellen, wo es ihn noch nicht gegeben hatte.

Lyn ließ die Tür zu seinem Zimmer angelehnt und machte sich daran, die Reiherfedern auf ihrem

Fensterbrett zu ordnen. Sie hatte ganz vergessen, daß sie sie in der Tasche trug und hatte sie verdrückt, als sie Emrys umzog. So setzte sie sich also auf ihr Bett, um sie wieder glatt zu streichen.

Ihr eigenes Zimmer war kühler als seines, weil die Sonne nie hereinschien. Das Haus stand dicht am Hügelhang, so daß sie von ihrem Schlafzimmerfenster aus nichts anderes sehen konnte als Gras. Es war ganz leicht, vom Fenster aus auf den Hang zu springen, wenn man darin so geübt war wie Lyn.

Das Haus war sehr alt. Der Hügel hielt es im Winter warm und im Sommer kühl und es schien, als sei es Schritt für Schritt auf besondere Weise gewachsen. Mr. Morgan war schon hier geboren und vor ihm sein Vater und Großvater und Urgroßvater, und sie alle waren Schäfer in Bryn gewesen, im Dienst der Familie Morris. Auf diese Überlieferung war er begreiflicherweise sehr stolz, so daß die Geburt seines Sohnes Emrys für ihn doppelt bedeutungsvoll war. Allerdings erschien es in gewissem Sinne auch als Ironie, so wie die Dinge jetzt im Tal standen.

Lyn erhob sich und betrachtete noch einmal ihre Federn. Wirklich, das Fensterbrett war eigentlich schon übervoll, und sie hatte ihre Sachen nicht gern dicht gedrängt, weil man die einzelnen dann nicht genau genug sah. Sie zögerte, dann nahm sie zwei Federn heraus, die sie doppelt besaß, eine Buchfinken-Brustfeder und eine vom Schwanz eines

Bussards. An ihrer Stelle gruppierte sie die Reiherfedern. Sie freute sich, sie hier zu haben, weil sie irgendwie einen Hauch von der Llyn-Moor-Gegend mit ins Tal herabbrachten.

DER DAMM

«Ach, steh doch still, Aggie, um Himmelswillen!»
Verzweifelt zerrte Rachel an der kleinen, braunen
Hündin. «Dein Schwanz ist doppelt so dick, wie er
sein sollte, aber wie kann ich ihn je richtig aus-
kämmen, wenn du dich ständig im Kreise drehst!»

Aggie stand still, widerwillig zwar, denn sie haßte
es, gekämmt zu werden. Mrs. Fleming meinte, das
sei Rachels eigene Schuld, weil sie es nicht oft genug täte, und es sei darum ungerecht, den Hund
zu schimpfen. Im Gedanken daran gab Rachel dem
Hündchen einen entschuldigenden Klaps und setzte
sich auf die Hacken, um den dicken Wulst braunen
Haares aus dem Kamm zu zupfen.

Dann fiel ihr auf, daß die meisten Männer offenbar Arbeitsschluß machten und nach Hause kamen.
Einige waren schon in ihre Wohnwagen gegangen,
und eine weitere Menge kam den Pfad von der Baustelle herunter. Sie fragte sich, ob ihr Vater wohl
auch bald käme.

Noch einmal strich sie glättend über Aggies Kopf
und Hals, dann erhob sie sich. Die Wohnwagentür
hinter ihr stand offen und ihre Mutter trat mit prü-
fendem Blick in die Tür.

«Da hast du's ja wieder mal geschafft», sagte

15

Mrs. Fleming. «Es macht doch wirklich einen Unterschied, nicht wahr? Und sieh nur, wie zufrieden sie jetzt mit sich selber ist!»

«Ja, ja, ich weiß schon.» Rachel lachte über Aggies unverkennbaren Stolz auf ihr Äußeres. «Aber es ist eine so langweilige Arbeit, ich kann mich immer nur schwer dazu entschließen.» Sie ging in den Wohnwagen, um Kamm und Bürste in dem Schränkchen unter dem Ausguß zu verwahren. Es war, verglichen mit manchen anderen ringsum, kein großer Wagen, aber er war praktisch eingeteilt und äußerst ordentlich, so daß er Platz genug bot. Die Eltern Fleming hatten ein eigenes Bettabteil am Ende des Wagens mit einem Fenster, von dem aus man über den Fluß hinweg bis zu den Hügeln sah. Rachel hatte ein Klappbett, das man nachts herunterließ und das tagsüber in hochgeklapptem Zustand wie ein Schrank erschien.

Sie sah, daß der Tisch für den abendlichen Tee gedeckt war und schaute noch einmal hinaus über den Parkplatz hinweg.

«Machen sie heute abend früher Schluß, meinst du?» fragte sie hoffnungsvoll, denn sie war hungrig. «Ich dachte schon, sie würden heute wieder Überstunden machen.»

Der Bau der Talsperre hatte ein kritisches Stadium erreicht: Im Mittelteil war die Arbeit halb fertig, und man war dabei, dort einen provisorischen Behelfsdamm zu errichten, um das Wasser des Gam nach einer Seite abzuleiten. Da der Fluß gerade außerordentlich niedrig stand, hatten die

16

Ingenieure die Gelegenheit ausgenützt, weiter mit der Arbeit voranzukommen, als es sonst möglich gewesen wäre. Darum machten die Arbeiter schon seit mehr als einem Monat ständig Überstunden.

«Ja, das dachte ich eigentlich auch schon.» Mrs. Fleming griff nach der Zeitung. «Aber ich habe für alle Fälle gleich zum Tee gedeckt, als ich Bill Morris vorbeigehen sah. Wenn *der* Feierabend macht, sollte dein Vater es wohl auch tun. Vielleicht haben die Männer eine Unterbrechung der Überstunden gefordert. Die dauern jetzt schon lange genug.»

Rachel nickte. «Habe ich also Zeit, noch ein bißchen zu lesen?»

«Du solltest lieber an Anne schreiben, wirklich.» Die Mutter schob ihr einen Briefumschlag über den Tisch zu. «Die arme Anne! Ich fürchte, sie hat sich in letzter Zeit ein bißchen vernachläßigt gefühlt, und du hast ihr mindestens drei Wochen lang nicht geschrieben, wie du weißt. Warum leistest du nicht einen kleinen Beitrag zu unserem Brief? Ich habe ihn eigens dafür offen gelassen.»

Anne war Rachels ältere und einzige Schwester, die schon seit einem Jahr bei einer Tante in Nottingham lebte. Da Mr. Fleming Spezialist für Damm-Bauten war, mußte die Familie stets im ganzen Land mit ihm umher reisen. Schließlich war Anne zu der Tante gezogen, weil sie in diesem Jahr ihre ersten Prüfungen machen mußte und nicht ständig die Schule wechseln konnte. Es war sonderbar ohne sie, aber in den Ferien war man natürlich wieder beisammen.

Rachel selbst kam sich gemein vor, weil sie wochenlang nicht geschrieben hatte, und holte sogleich ihre Schreibmappe. Zwanzig Minuten später stand sie auf, schob ihren Beitrag in das Kuvert und verschloß es. Sie blickte auf ihre Uhr.

«Viertel nach fünf!» sagte sie empört. «Kein Wunder, daß ich hungrig bin! Können wir jetzt nicht Tee trinken, Mama? Ich glaube schon gar nicht mehr, daß Papa noch kommt.»

Ihre Mutter zögerte. «Nein, das möchte ich eigentlich doch nicht. Ich habe nämlich vor, als besonderen Leckerbissen Pfannkuchen zu backen, und ich habe keine Lust, alles zweimal zu machen. Warum bringst du nicht unseren Brief zur Post und gehst von dort mal zum Damm hinüber? Bring deinen Vater mit, *falls* er kommen will. Andernfalls wissen wir, woran wir sind und können in Ruhe unsere Mahlzeit halten.»

Rachel verschwand mit einem Butterbrot, das sie im Vorbeigehen vom Tisch stibitzte.

Die Wohnwagen standen auf einer einstigen Wiese, die aber jetzt fast völlig kahl war, denn die Kinder und der trockene Sommer hatten sie abgewetzt. Keiner der Benützer hatte sich die Mühe gemacht, irgend eine Art Garten anzulegen, aber einige Wagen hatten Blumenkästen an den Fenstern, und der Platz war so ordentlich, wie ein Wohnwagen-Parkplatz überhaupt nur sein konnte. Der Maschinenlärm vom Damm her dröhnte und rasselte zwischen den Hügeln, aber Rachel kam es ruhig vor, weil die meisten Leute nicht arbeiteten

18

und man deutlich das Geräusch von klapperndem Geschirr aus den offenen Türen hörte.

Sie winkte allen Schmausenden zu, die sie bemerkten, und als sie sah, daß einer von ihnen Bill Morris war, trat sie an die Tür seines Wagens. «Können Sie mir sagen, ob Papa kommt?» rief sie hinauf. «Wir warten mit Pfannkuchen auf ihn, und wir können doch nicht ewig warten. Ich sterbe vor Hunger!»

Der Mann lachte. «Also, er *wollte* gehen, als ich ihn zuletzt sah, aber du kennst ja deinen Vater, Rachel. Wahrscheinlich ist er immer noch da und räumt hinter irgend einem Faulenzer auf, der seine Sachen nicht ordentlich weggepackt hat.»

Rachel ging den Pfad entlang, warf Annes Brief in den Kasten, der an der Kreuzung stand und wandte sich dann nach links dem Damm zu. Der Pfad rechts führte zu der engen Straße, die vom Tal zum Dorf verlief, und ein paar Meilen darüber hinaus nach Llanstadt.

Es roch nach nassem Zement und Dieselöl, und dicker Staub lag in der warmen, trockenen Luft, die Rachel durchs Haar fuhr. Der Schlamm des Weges war jetzt steinhart und so rissig, daß es schwierig war, darauf zu gehen. Rachel erkletterte die Böschung auf der einen Seite und schlug einen schnelleren Schritt an.

Von hier aus konnte sie den Damm sehen, sein scheußliches, kahles Grau, das sich von der grünen Mulde des Flußbettes abhob und sich nach beiden Seiten in das Gelände erstreckte, das einst die Flußwiesen gewesen waren. Hütten verschiedener Größen und Maschinen verschiedener Farbe standen ringsum, und eine Anzahl Männer arbeiteten immer noch.

Rachel wandte sich an die ihr nächste Gruppe: «Wissen Sie, wo Papa ist?» fragte sie mit erhobener Stimme, um den Lärm der Pumpmaschine zu übertönen.

Sandy richtete sich auf und lächelte ihr zu. Sein Gesicht war jetzt von der Hitze gerötet, darunter freilich schon dunkelbraun verbrannt. Er saß auf einer Öltrommel und streckte die Beine gerade von sich. Er war Ire und Rachel hörte ihn gern sprechen.

«Also, bestimmt weiß ich nicht, wo er jetzt *genau* ist», sagte er. «Aber ich glaube, er ist irgendwo hier herum, denn das war er eben erst. He, Jim!»

Ein großer, breitschultriger Mann blickte auf und trat auf sie zu, wobei er entrüstet die Arme schwenkte. «He, was denkst du dir dabei, Mr. Begorrah?» schrie er. «Machst dir ein nettes, kleines Ruhestündchen, ganz für dich allein! Wie lange tust du das schon? Wart, ich werde dich melden!»

Rachel lachte, weil sie wußte, daß es nicht ernst gemeint war.

«Ich kann doch wohl mit der Tochter des Vorarbeiters über den Vorarbeiter sprechen», sagte Sandy, «während ich Zement in ein Loch stopfe, was? Rachel will wissen, wo ihr Papa ist. Er hat doch eben erst mit dir gesprochen, nicht? Weißt du, wo er hin ist?»

20

Jim nickte. «Ja, er ist mit Mr. Rivers in die große Hütte gegangen, aber da wird er wohl nicht lange bleiben. Er wollte nur irgendwas an dem Arbeitsplan für morgen nachprüfen.» Er wandte sich ab. «An deiner Stelle würde ich zur Spitze raufgehen und da auf ihn warten, Rachel, da kannst du ihn nicht verfehlen.»

Sie ging weiter, blieb aber stehen, um auf die Anfänge des Behelfsdammes hinunter zu schauen. Wie lächerlich groß schien er im Vergleich zu dem flachen Fluß, zu dessen Ableitung man ihn erbaute.

Da trat ihr Vater hinter sie und ließ sie einen Satz machen, indem er ihr mit der Hand plötzlich auf die Schulter schlug und sie gleichzeitig zurückzog.

«Wie oft muß ich es dir noch sagen!» rief er böse. «Eines Tages wirst du dich einen Schritt zu weit vorbeugen, und dann *wirst* du dich umschauen! Wenn du durchaus den Fluß so nah sehen willst, geh doch gleich ganz runter und paddele darin herum!»

«Ja, ja, gewiß», erwiderte Rachel mechanisch, «aber sieht es nicht komisch aus, dieser riesige Behelfsdamm? Er ist dreimal so groß wie der Fluß.»

«Dreimal so groß wie der Fluß *jetzt* ist», gab er zu, «aber sieh ihn dir in zwei Monaten wieder an! Wenn dieses verrückte Wetter umschlägt — was bald geschehen wird — dann wird eine furchtbare Menge Wasser von den Hügeln herab strömen.» Er wies mit der Hand auf die Felsen des Carreg-Wen links von dem Damm und auf das hochgelegene Moor rechts. «Wenn wir den Hauptteil des Damms termingerecht fertigbringen wollen, dann brauchen wir einen guten, starken Behelfsdamm, so daß wir an der Arbeit bleiben können.»

Gemeinsam gingen sie jetzt den Pfad wieder zurück, vor ihnen mehrere andere Männer, unter ihnen Sandy, der jetzt auch aufgehört hatte zu arbeiten.

«Glaubst du, es wird ein schlimmes Unwetter geben?» Rachel schwenkte die Hand in der schwülen Luft hin und her. Im allgemeinen hatte sie keine Angst vor Gewittern, jetzt aber war sie empfindlich dagegen, denn es hörte sich so viel schlimmer an, wenn man in einem Wohnwagen hockte. Und heftiger Regen war schrecklich. Er trommelte so laut auf dem Dach, daß Panik sie überkam. Sie hatte dann immer das Gefühl, in einer Blechbüchse zu stecken.

Ihr Vater nickte. «Das kommt wohl bestimmt, meine ich. Diese vielen Wochen ohne Regen dürften einen Rekord für Wales darstellen.»

«Warum habt ihr denn nicht alle heute abend gearbeitet? Ich dachte, ihr versuchtet, so viel von dem Behelfsdamm wie irgend möglich fertig zu bekommen, ehe der Fluß steigt.»

«Ja, aber die Männer haben diese Woche geradezu Übermenschliches geleistet. Der Behelfsdamm ist jetzt hoch genug, um eine ganz hübsche Menge Wasser abzuhalten, und du weißt, wieviel Überstunden sie gemacht haben. Sie brauchen jetzt wirklich mal eine Unterbrechung, und deshalb habe ich dafür entschieden.»

«Ja», sagte Rachel und hastete vom Weg zu der Wohnwagen-Wiese hinüber, «und ich brauche meine Teemahlzeit. Die brauche ich seit zwei Stunden.»

ER ATMET NICHT MEHR!

Die Nacht war von magischer Schönheit, aber es
war lauter schwarze Magie. Eine schmale Mond-
sichel und ein paar Sterne standen am Himmel. Die
Luft war still, nur hin und wieder wurde die Stille
unterbrochen von leise grollendem Donner, und ein
ständiges leises Murmeln lief das Tal auf und ab,
als ob die Hügel miteinander sprächen.

Der Fluß Gam dagegen lärmte unüberhörbar, er
sprudelte und schäumte, selbst dort, wo er für gewöhnlich ruhig dahin strömte. Je niedriger er stand,
umso mehr Lärm machte er natürlich, weil er sich
flach über Kiesel ergoß und Strudel an Stellen bil-
dete, die sonst unter dem gleichmäßigen Wasser-
strom verborgen waren.

Der Gruppe von Männern, die auf dem Hügell-
land unterhalb der Felsen von Carreg-Wen saßen,
waren die Geräusche mehr als willkommen.

«Wir hätten uns keine bessere Nacht aussuchen
können, was?» sagte einer von ihnen. «Genug
Mondlicht, um sehen zu können, aber auch nicht
mehr. Leises Donnergrollen, das in den Hügeln
hängt, und überhaupt — ein bißchen was Komi-
sches in der Luft, nicht? Dieser Nachtwächter wird

sich leicht einbilden, alles mögliche zu sehen, glaubt ihr nicht?»

Die meisten anderen nickten.

«Kobolde und all so was, meinst du?» sagte einer. «Und sollte es nicht auch Zwerge hier herum geben? Wäre doch gerade der richtige Ort für sie, das Tal und die großen Felsen auf dem Hügel.»

«Aber das ist doch kein kleiner Junge, der da unten!» sagte wieder eine andere Stimme heftig. «Es ist ein gewöhnlicher, ausgewachsener Mann, und *der* wird nicht an Geister glauben.»

«Nein, sicher nicht, aber das macht nichts, denn wenn er kapiert hat, daß Evans kein Irrlicht ist und loszieht und ihn zu fassen bekommt, wird Evans ihm so viel abenteuerliche Geschichten aufbinden, daß er ihn damit bis zum Morgen unterhält. Evans kann jeden zum Narren halten, das versteht er!»

Es folgte eine kurze Stille, dann sprach die erste Stimme noch einmal: «Trotzdem macht's mich immer nervös, dieser ferne Donner, der kein Ende nimmt, dabei kein Tropfen Regen und auch kein Blitz. Kommt mir immer irgendwie unnatürlich vor.»

Noch während er sprach, flammte ein unruhiges Licht auf der andern Seite des Tales auf, flackerte eine Weile und erlosch dann. Als es wieder erschien, diesmal an einer anderen Stelle, standen die Männer auf.

«Los, also», sagte die scharfe Stimme, «aber geht vorsichtig. Nicht zu schnell jetzt und so leise wie möglich.»

Sie stiegen ins Tal hinab, einer hinter dem anderen, bis sie zu den ersten Hütten im Umkreis der Damm-Baustelle kamen. Dort warteten sie, schweigend an eine Wand gelehnt, während einer von ihnen vorausging, um die Wege des Nachtwächters zu erkunden. Als er zurückkehrend plötzlich um die Ecke glitt, fuhren sie alle erschreckt zusammen.

«Also, ihr seid mir Helden!» spottete er. «Seid beinahe aus den Socken gefahren, jeder einzelne von euch. Ein Wunder, daß keiner gekreischt hat!»

«Ach, sei doch still, Morrison!» gab einer gereizt zurück. «Und laß uns um Himmelswillen irgendwas tun. Wir hängen hier schon die halbe Nacht herum. Können wir denn nicht losziehen?»

Morrison nickte. «Ja, es scheint alles klar. Ich sah einen Mann den Pfad hinauf zum Depot fahren, gerade als ich runterkam. Er kontrolliert es regelmäßig um diese Zeit, aber er muß das Irrlicht Evans bemerkt haben, denn er fuhr viel rascher als gewöhnlich.»

«Wie fährt er denn? Mit Auto?» Die Männer wickelten eiserne Stangen aus den Umhüllungen, die sie bisher bedeckt hatten.

«Nein, Fahrrad. Es ist ja gar nicht weit, etwas weniger als eine Meile, und der Weg ist an diesem Ende zu sehr von den Maschinen zerwühlt, um per Auto zu fahren. Er wird lange genug weg sein für unsere Zwecke, und niemand sonst weit und breit, aber paßt trotzdem auf. Nicht mehr Geräusch als unvermeidlich, und rasch mit allem!»

Viel von dem Zement des Behelfsdammes war

immer noch feucht von der Arbeit des Tages, und die Zerstörung war dort verhältnismäßig leicht. Dann gingen sie zum Angriff auf das schon fertige Stück vom Hauptteil des Dammes über, konnten da aber nicht viel ausrichten und gaben bald auf.

«Ein bißchen Dynamit, das brauchten wir hier», sagte Morrison wütend, «und das hab ich ihnen gleich gesagt. Ader ‚nein‘, erklärten sie, ‚zerstört gerade so viel vom Behelfsdamm, wie ihr könnt, das wird sie genug zurückwerfen. Das andere kommt später dran‘.»

«Was meinen sie denn bloß damit?» fragte einer. «Warum sollen wir's riskieren, noch mal zu kommen, wenn wir jetzt ganze Arbeit leisten könnten? Scheint mir blöd!»

Das fand allgemeine Zustimmung. Sie kehrten zum Behelfsdamm zurück und betrachteten unzufrieden das, was von ihm stehen geblieben war.

«Wir brauchten irgendwas, das von oben mit Wucht drauf herab prallt», erklärte Morrison. «Es ist sinnlos, an einem Ding von diesem Umfang mit Eisenstangen herum zu fummeln. Wollen doch mal raufgehen und sehen, ob da irgendwas zu machen ist, und dann nichts wie weg. Ich meine, wir sind schon lange genug hier.»

Sie gingen zur Uferseite des Tals zurück und gelangten zum Hauptteil des Dammes. Er lag fahl im Mondlicht, weiß von Zementstaub. Die Schatten der Hütten und Maschinen zeichneten sich klar und scharf ab. Die Männer gingen bis zu der Stelle, wo

28

Rachel diesen Nachmittag gestanden hatte, unmittelbar über dem Behelfsdamm.

«Also, ein bißchen haben wir ihm zugesetzt, scheint mir», sagte Morrison, «aber nicht annähernd genug.» Er schaute von einer Seite zur anderen. «Da sind diese Zementblöcke. Die könnten's schaffen, aber wir brauchen eine Planierraupe, um sie in Bewegung zu setzen. Könntest du eine starten, Harry, falls eine greifbar sein sollte?»

«Oh ja!» Ein großer Mann löste sich aus der Gruppe und blickte hügelaufwärts. «Da stehen ein paar herum. Ich hab sie gesehen, als wir runter kamen. Komm und hilf mir, Gordan.»

Die beiden gingen rasch fort, dann kehrte der junge Gordan um und kam zurück. «Es ist wegen des Lärms, sagt Harry. Es wird einen Krach geben, um Tote aufzuwecken, und der Nachtwächter wird's bestimmt hören, selbst wenn sie's unten in den Wohnwagen nicht tun.»

«Ja, natürlich *hab* ich an den Lärm gedacht», entgegnete Morrison mit Schärfe auf die indirekte Kritik. «Sag Harry, er soll das Ding, sobald er's in Gang hat, so rasch wie möglich runter bringen. Wir werden diese Blöcke umschmeißen und dann schnellstens abhauen. In den Wohnwagen werden sie nichts hören, nicht bei diesem Donner, der immer noch ringsum grollt. Und der Nachtwächter kann vom Depot aus nicht hier sein, ehe wir fort sind. In Ordnung?»

Gordan rannte zurück. Die übrigen Männer standen schweigend da und blickten von der geordneten

Gruppe von Zementblöcken zum Umriß des Behelfsdamms hinüber, der weiter unterhalb ein bißchen rechts von ihnen im Schatten lag.

Es ging nicht der leiseste Wind, aber die Luft wurde von dem Donner erschüttert, der jetzt lauter zwischen den Hügeln dröhnte. Wetterleuchten begann übers Moor zu flackern.

Plötzlich ertönte ein anhaltendes Dröhnen von einer der Maschinen, die aufs Gratewohl ums Ende des Damms geparkt waren. Erleichtert atmeten die Männer auf. Dann erstarb das Geräusch. Morrison fluchte. Im Mondlicht starrte er hinauf, um zu sehen, ob eine der Maschinen sich gerührt hatte. Keine hatte es getan.

Es vergingen fünf lange Minuten, bis Harry endlich die gelbe Maschine langsam zu der Gruppe von Zementblöcken hinüber lenkte. Morrison eilte zu ihm.

«Es ist ein etwas schwieriger Winkel», erklärte er. «Du mußt versuchen, sie irgendwie seitwärts zu treffen, weil der Damm rechts von ihnen ist.»

Harry nickte. «Ja, hab ich schon gesehen. Aber wenn du ein paar von den Kerlen rüber schickst, um sich über dem entscheidenden Punkt aufzustellen, werde ich dahin zielen.»

Er drehte die Maschine zurück und ließ dann ihre Spitze hart auf den Stapel von Blöcken aufprallen, rammte ihn immer wieder, bis die Blöcke sich endlich in Bewegung setzten und sich langsam über den Rand des Dammes neigten. Dann stürzten sie plötzlich mit donnerndem Geräusch und in einem Gewirr von Staub und Schutt.

Die umher stehenden Männer stoben auseinander und zogen sich schleunigst zurück. Harry versuchte, ihnen mit der Planiermaschine zu folgen, aber es war zu spät. Eine der Antriebsketten warf sich dröhnend hoch, die andere rutschte am Rande des Dammes entlang, die gelbe Maschine kippte und begann zu fallen.

Mit aller Kraft versuchte Harry, von ihr weg zu kommen. Im Sprung stieß er sich verzweifelt von dem Sitz ab und landete als bedauernswertes Bündel am äußersten Rande des Dammes. Er lag ganz still und klammerte sich an den Zement.

Die anderen Männer umringten ihn und Morrison kniete neben ihm nieder. «Bist du in Ordnung, alter Junge?» fragte er ängstlich. «Bist du in Ordnung?»

Grinsend setzte Harry sich auf. «Also, wenn ich immer noch bei euch Kerlen bin, muß wohl alles mit mir in Ordnung sein. Ich wußte wirklich nicht, wo ich war, ob oben oder unten.»

Erleichtert wandten sich alle ab, um auf die Überreste des Behelfsdammes hinunter zu schauen. Aber das Geräusch eines Autos, das langsam den Weg herauf kam, scheuchte sie wieder zurück. Besorgt starrten sie den nahenden Scheinwerfern entgegen. Einige von ihnen machten kehrt und rannten in die Dunkelheit davon, aber Morrison rief sie wieder zusammen.

«Idioten!» schrie er. «Erkennt ihr diese Maschine nicht? Das ist Evans mit dem Auto! Irgendwie muß er den Nachtwächter los geworden sein und kommt jetzt rauf, um zu sehen, ob wir Hilfe brauchen.»

Evans aber ließ den Wagen am Rand der Baustelle stehen und rannte, aufgeregt die Arme schwenkend, auf sie zu. Schon lange, ehe er sie erreicht hatte, schrie er: «Um Gotteswillen, ich hab ihn umgebracht, Morrison! Ich hab's doch nicht gewollt! Ich wollte ihn nur ablenken. Irgendwie mußte ich ihn doch unschädlich machen. Sonst hätte er uns die ganze Bande aus den Wohnwagen auf den Hals gehetzt!»

Das Depot, das der Nachtwächter jede Nacht zweimal überprüfte, war ein Vorratsdepot für jene schweren Geräte, die man in einem einsamen Grundstück an der Kreuzung zwischen der Talstraße und dem Pfad zum Damm aufbewahrte und die man im Bedarfsfall zu der Baustelle holte. Es war unmöglich, die schweren Lieferwagen durch den aufgewühlten Schlamm bis zum Damm selbst zu bringen.

Evans hatte, wie verabredet, mit dem Nachtwächter gesprochen und ihm erzählt, sein Wagen hätte eine schwere Panne und er liefe schon eine Weile mit einer Taschenlampe herum auf der Suche nach einem Haus oder einem Telefonautomaten. Der Nachtwächter war sehr hilfsbereit gewesen, hatte ihm gesagt, wohin er sich wenden könne und ihm die Nummer der örtlichen Auto-Hilfsstelle gegeben. Er hatte sogar die Maschine selber angeschaut, obwohl er, wie er sagte, von Technik nicht allzuviel verstehe.

Von der Zerstörung des Behelfsdammes hatten sie nichts gehört, bis plötzlich die Planierraupe losheulte, als Harry sie zum erstenmal ankurbelte. Nicht einmal der Donner hatte das übertönen können, und der Nachtwächter sei davon geschossen wie ein Pfeil von der Sehne.

Bis er die Schraube, die er zuvor aus dem Motor seines Wagens herausgenommen, wieder eingesetzt hatte und die Verfolgung mit voller Fahrt aufnehmen konnte, war der Mann schon halbwegs bei den Wohnwagen, und gerade als Evans ihn zu Gesicht bekam, war er nach links zu dem Parkplatz abgebogen.

Es war Evans klar gewesen, daß er ihn aufhalten mußte, ehe er in Gehörweite der Wohnwagen käme, und so hatte er auf das Hinterrad seines Fahrrades gezielt, in der Absicht, ihn umzuwerfen, damit er sich dann zu Fuß mit ihm auseinandersetzen könnte. Er hatte niemals die Absicht gehabt, ihn zu verletzen, nie im Leben! Als aber der Mann stürzte, hatte Evans nicht auf der Stelle anhalten können, und als er dann zu ihm zurückging, hatte er ihn tot vorgefunden!

«Aber was ist passiert?» fragte Morrison entsetzt. «Ist er mit dem Kopf irgendwo aufgeprallt?»

«Das muß er wohl getan haben», meinte Evans, «obwohl ich nichts davon feststellen konnte und überhaupt kein Blut an ihm war. Ich weiß nur, daß er da liegt und daß er nicht mehr atmet.»

Schweigend stiegen alle in den Wagen und fuhren los, um sich selber von den Tatsachen zu überzeugen. Es herrschte ein allgemeines Gefühl von Besorgnis und Entsetzen.

Morrison ließ den Wagen an der Stelle stehen, wo der Weg sich teilte, und langsam gingen sie im Licht des schmalen Mondes zu Fuß weiter und suchten den Verunglückten und das, was von seinem Rad noch übrig war.

Sie fanden ihn auf dem Gesicht liegend, genau wie Evans ihn verlassen hatte, und drehten ihn sacht auf den Rücken.

Es war kein äußeres Zeichen von Verletzung an ihm zu sehen. Morrison kniete neben ihm nieder, eine Hand auf dem Herzen des Mannes und den Kopf aufmerksam lauschend vorgeneigt. Nach mehreren Minuten schaute er auf und funkelte Evans wütend an.

«Du hast mich fast zu Tode erschreckt, du blöder Kerl!» rief er. «Der Mann ist gar nicht tot! Sein Herzschlag ist fast so kräftig wie meiner, und wenn wir nicht schnell machen, wird er wieder zu Bewußtsein kommen, ehe wir für ihn außer Sicht sind.» Er stand auf. «Los jetzt! Wenn wir so weiter bummeln, wird er unten bei den Wohnwagen sein und Lärm schlagen, noch ehe wir nur draußen auf der Talstraße sind!»

Mit Ausrufen der Erleichterung wandten alle sich sofort ab, und im Handumdrehen war der Wagen friedlich davon gefahren.

Der Donner hielt an, die Blitze flammten immer

häufiger über das Moorland. Oben an der Baustelle rauschte der Fluß, aber immer noch ertönten von Zeit zu Zeit dazwischen andere ungewohnte Geräusche: vereinzeltes Prasseln von Gestein auf den zerstörten Behelfsdamm, gelegentliches leichtes Ticken der zerstörten Planiermaschine daneben.

Am Wege aber lag der Nachtwächter regungslos. Selbst als der Regen begann, rührte er sich nicht. Anfangs regnete es sachte, die Tropfen fielen langsam und warm, dann aber goß es immer heftiger, und es wurde kalt.

Es regnete weiter bis zum Morgen.

WER WAR DER TÄTER?

Am Montagmorgen lag Nebel über dem Tal, und es war plötzlich Herbst. Der Nebel war dicht, und mit ihm zugleich hatte sich eine Kältewelle verbreitet. Als Lyn morgens aus der Tür trat, hatte es sie gefröstelt, und sie war zurückgegangen, um sich ihren Schal zu holen.

Nun saß sie warm im Schul-Bus auf ihrem Lieblingsplatz dicht hinter dem Fahrer, neben sich Peter Owen. Beide frohlockten.

Und bei den anderen Schulkindern im Bus gab es nur *ein* Gesprächsthema: die Zerstörung des Behelfsdamms und der Angriff auf den Nachtwächter. Im allgemeinen waren sie jedoch mehr aufgeregt als erfreut darüber. Die Kinder aus dem Dorf, das ein wenig oberhalb des Tals von Carreg-Wen lag, hatten sich an den Bau des Dammes und an die Familien der Bauarbeiter gewöhnt. Lyn und Peter dagegen, die beiden einzigen, die unmittelbar im Tal daheim waren, hatten das nie vermocht.

«Das wird sie ganz hübsch aufhalten, sagt mein Vater.» Peter kaute begeistert an seinen Nägeln. «Und dazu plötzlich all der Regen! Ich hoffe, das spült den Rest des Behelfsdammes weg, dann können sie an dem Mittelstück bis nächstes Frühjahr überhaupt nichts machen, verstehst du? Hoffentlich gießt's den ganzen Winter über und die Hälfte von ihnen ertrinkt im Gam!»

Lyn lächelte befriedigt. «Das hoffe ich auch. Wenigstens hoffe ich, daß der Behelfsdamm weggespült wird, aber ob ich möchte, daß einer von ihnen dabei umkommt, das weiß ich nicht, wirklich nicht. Jedenfalls nicht so wie der Nachtwächter.»

Sie hatte das Gefühl, sie müßte Peters Begeisterung bis zu einem gewissen Grad dämpfen, denn es war ihr klar, daß Rachel Fleming, die ihnen schräg gegenüber saß, ihr Gespräch hören mußte.

Zwischen ihr und Rachel herrschte eine sonderbare Spannung. Lyn war entschlossen, sich nicht mit ihr zu befreunden, weil Mr. Fleming am Damm arbeitete, dennoch wußte sie instinktiv, daß sie es eigentlich tun sollte. Sie beide lachten über dieselben Witze in der Klasse, auch wenn sonst niemand merkte, daß überhaupt irgendwas komisch gemeint war. Ebenso wußte Lyn, daß sie beide gewisse gemeinsame Vorlieben hatten. Oft wenn sie allein draußen herumstrich, im Tal oder droben am Moor, sah sie Rachel, die ebenfalls allein umher wanderte, nur begleitet von dem kleinen braunen Hund.

Anfangs hatte Rachel ihr einen Gruß zugenickt, aber Lyn tat immer, als sähe sie sie nicht und hatte nie zurück gegrüßt, und wenn es so aussah, als müßten ihre Wege sich treffen, hatte sie immer die Richtung gewechselt, um es zu vermeiden. Rachel hatte das bald begriffen und tat nun ihrerseits, als sähe sie Lyn nicht.

Jetzt aber beanspruchte Peter wieder Lyns Aufmerksamkeit, indem er sagte: «Aber der Nachtwächter ist ja nicht tot! Bisher wenigstens nicht.»

«Nein, aber er ist gefährlich krank. Ich hörte, wie seine Tochter gestern früh nach der Kirche mit dem Pfarrer sprach. Sie ist von Manchester gekommen, um ihre Mutter zur Klinik in Aber und zurück zu fahren. Sie sagte, wahrscheinlich hätte er eine Gehirnverletzung, außerdem wäre er in diesem furchtbaren Unwetter durch und durch naß geworden und ganz steif gefroren. Also wahrscheinlich wird er sterben.»

Der Bus bog in das Tor des Schulhofs ein und suchte sich seinen Platz zwischen den zahlreichen haltenden Wagen, welche Kinder aus weit entlegenen Tälern zur Schule brachten. Lyn und Peter waren als erste draußen und gingen gemeinsam auf die Schule zu. Rachel folgte ihnen, allein.

Der Tag verging mit Gerede und Vermutungen darüber, wer für die Tat verantwortlich sei, und auf der Rückfahrt war die Stimmung im Schul-Bus eher noch gespannter als am Morgen. Allmählich fingen alle an, Partei zu nehmen.

Peter Owen führte die Pro-Tal-Partei an, zu der viele Dorfkinder gehörten, aber alle, die Freunde unter den Kindern der Damm-Arbeiter hatten, schwankten und versuchten, Frieden zu halten.

«Aber wenn der arme, alte Mr. Parkins stirbt?»

Tracy Smith, die im nächsten Wagen neben den Flemings wohnte, kniete sich auf ihren Sitz, um den ganzen Bus besser ansprechen zu können. «Dann werdet ihr Bande nicht mehr so frech sein, was? Die Polizei wird bald rauskriegen, wer es getan hat, und wie, wenn es einer von euren Vätern war? Der wird des Totschlags angeklagt werden, und dann wird der Triumph auf unserer Seite sein, nicht bei euch!»

«Also gut, selbst *wenn* es einer von unsern Vätern gewesen sein sollte», sagte Peter ruhig, «wird die Polizei nie was darüber rauskriegen. Kein Mensch wird ihn anzeigen! Kein Waliser wenigstens, weil wir alle zusammenhalten.»

«So zu reden, ist auf jeden Fall blöd!» Tracys Freund, Ronald Jones, dessen Vater den Dorfladen führte, ergriff ihre Partei und zog sie wieder auf den Sitz neben sich nieder. «Denn bestimmt war es keiner aus dem Dorf oder dem Tal, der's getan hat. Warum sollten wir so was wollen? Das ist Jahre her, daß es den ganzen Krach gab, ehe man mit dem Dammbau überhaupt anfing. Inzwischen haben wir uns alle daran gewöhnt, daß er da ist. Warum sollten wir jetzt plötzlich anfangen, ihn einzureißen, um Himmelswillen?»

Lyn und Peter sprangen empört auf. Peter lief den Gang hinunter, um sich mit Ronald auseinanderzusetzen.

«Du redest, wie du's verstehst, du alter Dickwanst! Bloß weil dein Vater so viele Glimmstengel und Brötchentüten verkaufen will, wie nur möglich, ist dir's egal, was im Tal oder im Dorf passiert, was? Also, hier herum gibt's mehr Leute, die sich nicht an diesen Damm gewöhnt haben, und es gibt auch eine Menge, die ihn lieber heute als morgen in die Luft sprengen würden, wenn's möglich wäre!»

Es erhob sich ein Gemurmel von Zustimmung, aber es blieb unpersönlich. Keiner stand zu Peters Unterstützung auf.

Denn tatsächlich war es jahrelang her, seit es all den erregten Widerspruch und Protest gegen den Plan der Stromverwaltung gegeben hatte, in dem Tal Bohrversuche zu machen. Damals waren die Behörden auf Straßenbarrikaden gestoßen, die von zornigen Bauern besetzt waren, und es hatte sich eine Tal-Erhaltungs-Kommission gebildet, die regelmäßig Protestversammlungen im Schulhaus abhielt.

Doch trotz all ihrer Bemühungen wurde das Land vermessen und geeignet befunden, und bald waren die ersten Arbeiter eingetroffen. Das war der Anfang vom Ende des Tals von Carreg-Wen gewesen, und damals hatte es viel Erbitterung deswegen gegeben. Aber Erbitterung ist unfruchtbar und unerfreulich, und so hatte man sich allmählich mit dem Damm abgefunden.

Nun aber, als Ronald Jones und Peter einander in feindlichem Schweigen anstarrten, bremste der Bus an der ersten Haltestelle des Dorfes, und Peter wurde von den Aussteigenden auf seinen Sitz zurückgestoßen. Für diesmal also blieb der Streit ungelöst.

Als der Bus zum zweitenmal hielt, am Ende der Straße, die zum Damm hinaufführte, stieg Rachel als erste aus. Sie hastete den andern voraus, der Auseinandersetzung und des Streites müde und von dem Wunsch getrieben, durch ihre Mutter zu hören, wie es Mr. Parkins ging.

Aber sie mußte erfahren, daß Auseinandersetzung und Streit auf das Wohnwagengelände übergegriffen hatten und daß ihre Mutter mit darin verwickelt war. Mrs. Parkins und ihre Tochter waren eben aus der Klinik zurückgekommen, und eine kleine Gruppe von Frauen hatte sich um ihren Wohnwagen versammelt, um das Neueste zu erfahren.

«Er ist also noch nicht außer Gefahr.» Mrs. Parkins sah alt und müde aus. «Sie können noch nichts Bestimmtes über die Gehirnverletzung sagen, nicht ehe er wieder bei Bewußtsein ist.»

«Aber er *kann* doch wieder ganz gesund werden, Mutter, vergiß das nicht.» Anne Parkins gab sich die größte Mühe, ihre Mutter aufzuheitern und wünschte nur, die Nachbarn möchten sie endlich in Ruhe lassen. «Es hat doch geheißen, daß sein Allgemeinzustand sich während des Tages gebessert hat.»

«Man möchte doch meinen, der Täter, wer es auch immer war, sollte den Anstand gehabt haben, ihn irgendwo hinzubringen, nicht wahr? Irgendwie aus dem Regen fort», sagte Mrs. Smith, Tracys Mutter. Sie war genauso empört wie ihre Tochter. «Man stelle sich vor, einen alten Mann so über den

Kopf zu hauen und ihn dann einfach in allem Wind und Wetter liegen zu lassen!»

«Aber vielleicht hat es damals noch gar nicht geregnet», meinte Anne. «Vielleicht war das Ganze ein Unfall, und die Leute sind einfach in Panik fortgelaufen.»

Mrs. Smith fand Annes Verständnisbereitschaft empörend, besonders unter den gegebenen Umständen. Verächtlich schüttelte sie den Kopf. «Unglücksfall! Und die Planierraupe und die Zementblöcke, die auf den Behelfsdamm stürzten, waren wohl auch nur ein Unfall? Nein, nichts dergleichen! Da steckt einer von den Faulenzern aus dem Dorf dahinter, ihr könnt mir's glauben!»

Die meisten Anwesenden waren darin anderer Meinung und sprachen es auch aus.

«Also, hör mal, Jessy!» vernahm Rachel die Stimme ihrer Mutter. «Die Dorfleute sind immer sehr nett und freundlich gegen uns gewesen, das weißt du doch. Das ganze Geschrei und die Opposition waren vorbei und abgetan, lange ehe die Wohnwagen und ihre Bewohner herkamen, das muß man doch gerechterweise zugeben. Ich vermute, die ganze scheußliche Sabotage war von irgendwoher außerhalb von Tal und Dorf angelegt.»

Während sie das sagte, tauchten mehrere Männer auf dem Pfad zum Damm auf, und die Gruppe von Frauen zerstreute sich, um ihre Kessel aufs Feuer zu stellen.

Rachel machte die Wohnwagentür auf und

wurde zärtlich von Aggie begrüßt, die in ihrer Begeisterung nach einem ihrer Strümpfe schnappte.

«Meine Laufmaschen!» Rachel legte das Bein auf einen Stuhl, um den Schaden zu besichtigen. «Das ist schon das zweitemal diese Woche, daß du das angestellt hast, du dumme, kleine Hündin!»

Der Ton ihrer Stimme war nicht streng genug, um Aggie zu bekümmern, und sie fuhr mit ihren Freudenbeweisen fort.

Dann betraten die Eltern Fleming gemeinsam den Wagen. Mr. Fleming sah müde aus.

«Aber ich kann ihnen nicht zumuten, *nochmal* Überstunden zu machen», sagte er. «Nicht nach den vielen, die sie den ganzen Sommer über geleistet haben.» Er seufzte und ging zum Ausguß hinüber, um sich die Hände zu waschen. «Die ganze Arbeit umsonst! All diese Monate von guter, anständiger, schwerer Arbeit innerhalb einer halben Stunde ausgelöscht!»

Rachel streichelte Aggie den Kopf, um sie zu beruhigen. «Ist er denn wirklich zerstört, Papa, der ganze Behelfsdamm? Müßt ihr ihn einfach abreißen und ganz von vorn wieder anfangen?»

«Nein, wir haben uns entschlossen, die Fundamente stehen zu lassen und ihn von daher wieder aufzubauen. Aber ich persönlich bin nicht besonders glücklich darüber. Meiner Meinung nach ist das keine solide Arbeit. Immerhin...» Er zuckte die Schultern. «Zeit ist kostbar, und das war entscheidend.»

Mrs. Fleming stellte den Kessel auf und begann,

Butterbrote zu machen. «Aber das alles ist vertraulich, Rachel, das verstehst du, nicht wahr? Und jetzt also, gib uns zur Aufheiterung was zum Lachen. Erzähl uns, wie's im Schulbus zugegangen ist. Hat's schon Prügel gegeben? Herrscht offener Krieg?»

An der letzten Haltestelle, wo Lyn und Peter aussteigen mußten, am Ende der geteerten Straße, machte der Bus kehrt und fuhr den Weg zurück, den er gekommen war. Lyn stand wie immer und wartete, während Peter dem Fahrer half, den Wagen rückwärts in die enge Einfahrt zu bringen, bevor er wendete und wegfuhr. Dann gingen sie schweigend weiter, bis sie in die Nähe der Stelle kamen, wo der Pfad zu ihren beiden Elternhäusern links von der Straße abbog.

«Ach, sieh doch nur!» Lyn wies nach vorwärts. «Was für eine Menge Leute! Glaubst du, sie machen einen Aufstand?»

Wie es sich herausstellte, war es nichts weiter als ein kleiner Tratsch, und es waren auch nur sechs Menschen, aber da Lyn und Peter für gewöhnlich ganz allein hier gingen, schien es ihnen eine Menge. Da waren Lyns Mutter und Peters Mutter und die alte Mrs. Morris aus Bryn, ferner ein Mann und zwei Frauen, die sie nicht kannten.

Mrs. Morris machte sie miteinander bekannt. «Dies sind Mr. und Mrs. Spencer und Mrs. Jones, alle aus Nottingham, die zur Erholung bei mir sind. Wir sprachen gerade über die Geschichte am

Damm diesen Samstag und fragten uns, wer das wohl getan haben könnte. Habt ihr in der Schule oder im Bus irgendwas darüber gehört?»

Peter schüttelte den Kopf. «Nein. Manche meinen, daß es jemand aus dem Tal war, der's gemacht hat, aber die meisten glauben das nicht. Sie meinen, es müßte jemand von außerhalb gewesen sein, aber ich wünschte, es *wäre* einer von uns gewesen! Wenn ich irgendwoher ein paar Stückchen Dynamit bekommen könnte, wüßte ich, was ich damit machte. Ich würde mehr Zerstörung anrichten als die am Samstag fertig gebracht haben!»

Peters Mutter war von Natur aus still und schüchtern, und obgleich sie Peter nicht gern in Gegenwart von Fremden so reden hörte, sagte sie nichts.

Mrs. Morris aber wies ihn zurecht. «Das ist dummes Gerede, Junge! Gewiß haben wir anfangs versucht, den Dammbau zu verhindern, jetzt aber, wo er nun mal angefangen ist, kann nichts, was wir auch tun, sie davon abhalten, ihn fertig zu machen. So was ist nur Zeitverschwendung und außerdem Unrecht. Menschen kommen dabei zu Schaden. Dieser Nachtwächter scheint sehr schlimm dran zu sein. Niemand im ganzen Tal oder im Dorf hat mit *dem* je irgend einen Streit gehabt!»

Mr. Spencer nickte zustimmend. «Dasselbe hab ich zufällig auch die Postmeisterin — Mrs. Jenkins, heißt sie nicht so? — zu dem Reporter sagen hören, als ich heute nachmittag Postkarten für Ada kaufte. Sie erzählte mir, dieser Reporter hätte über eine

46

halbe Stunde mit ihr geredet und hätte auch einen Photographen mitgebracht. Also, da bin ich gespannt, was sie in der Zeitung daraus machen werden. Wahrscheinlich alte Wunden aufreißen. So machen sie's ja immer.»

DOLGARROG

Lyn fuhr erst seit einem Jahr mit dem Schulbus, weil sie damals erst in die Höhere Schule übergewechselt hatte. Vorher war sie jeden Morgen zu Fuß in die Dorfschule hinaufgegangen. Aber schon jetzt empfand sie den Bus als eine Art erweitertes Zuhause.

Vielleicht kam das daher, daß sie und Peter ja immer die ersten Fahrgäste waren und sich nach dem langen Warten an der kalten, einsamen Haltestelle freudig seiner lebendigen Wärme überließen. Solange er noch leer war, schien es fast eine Art Privatfahrt. Dadurch hatten sie auch immer die besten Plätze, dicht hinter dem Fahrer. Sie waren mit ihm gut bekannt geworden und hatten ihn sehr gern.

Am Dienstagmorgen war es noch neblig, und dankbar ließ Lyn sich mit Wucht auf das warme Polster fallen, sodaß der Staub daraus aufstieg. Sie rieb sich die kalten Hände.

«Oh, Mr. Roberts!» rief sie, das harte Rattern des Motors übertönend. «Sind wir froh, daß Sie da sind!»

«Wir sind halb erfroren», stimmte Peter zu. «Und Sie haben zehn Minuten Verspätung.»

«Ihr habt Glück, daß es nicht mehr ist. Auf der Straße von Aber war ein Verkehrsunfall, und ich mußte zehn Minuten warten, bis die Durchfahrt frei war. Zwei Milchwagen sind zusammengestoßen. So was von Durcheinander! Zum Glück niemand verletzt. Aber eine unglaubliche Menge Milch ist in den Straßengraben geflossen.»

Er langte unter den Sitz und zog eine zusammengefaltete Zeitung hervor. «Lest nur das hier, ihr beide. Ich garantiere euch, im Mittelblatt werdet ihr was finden, was euch hübsch warm machen wird.»

Peter entfaltete das Blatt und sah sofort die Überschrift: «Krieg in einem Waliser Tal. Brutaler Angriff auf einen Damm-Arbeiter.» Daneben eine große Photographie von dem Behelfsdamm und eine kleinere von Mrs. Jenkins, der Posthalterin, die draußen vor der Post stand.

«Schau doch bloß mal die alte Ma Jenkins an», sagte Lyn belustigt. «Hast du je sowas von Gesicht gesehen, wie sie's hier macht? Die ist ja glatt durchgedreht!»

Doch Peter beachtete das Bild gar nicht, sondern las nur aufmerksam den Text. «Man kann doch den alten Parkins nicht gut einen Damm-Arbeiter nennen, was? Ein Nachtwächter ist eben ein Nachtwächter, nicht wahr, ob er jetzt ein Warenhaus bewacht oder einen Damm oder einfach ein Straßenloch.» Er las weiter. «Also entweder hat dieser Reporter reichlich viel Phantasie, oder er weiß mehr über das Tal als wir. Er behauptet hier: ,Zwischen

50

den Familien der Damm-Arbeiter und den Dorf-
bewohnern herrscht beträchtliche Erbitterung und
Feindseligkeit' und ‚In den Zerstörern vermutet
man Einheimische wegen der amateurhaften Art,
in der sie ihre Sabotage durchgeführt haben!'»

Lyn entriß Peter das Blatt. «Aber wer», sagte sie
empört, «denkt denn, es wären Einheimische? Hier
bei uns glaubt das doch keiner, und wir müßten's
wissen, nicht wahr? Ich wette, die alte Jenkins hat
ihm das aufgebunden. Sie macht sich gern wichtig,
wo sie nur irgend kann. Sicher ist sie heute morgen
voll damit beschäftigt, ihr Bild herum zu zeigen und
allen Leuten zu erzählen, sie stamme aus Cardiff!»

Mrs. Jenkins streifte das Gummiband wieder
über die Briefmarkenmappe und schob sie in die
Lade. «Ich stamme ja selbst aus Cardiff», sagte sie
leise, «und habe mit dem Volk hier herum nicht
viel gemein. Die sind hinterhältig, wissen Sie, obwohl man es im Gespräch mit ihnen zuerst gar nicht
merkt. Viele von ihnen sind einfach simpel. Haben
ihr ganzes Leben hier verbracht, stellen Sie sich das
vor!»

Mrs. Smith war entsprechend beeindruckt. «Ich
halte sie auch für hinterhältig, muß ich schon sagen.
Ins Gesicht sind sie freundlich, aber was sie hinter
unserm Rücken sagen, steht auf einem andern
Blatt, da bin ich sicher. Unsere Tracy hält's augenblicklich mit einem von den Dorfburschen, aber ich
hoffe, sie wird sich ihre wirklichen Freunde aus
unserer eigenen Schicht wählen.»

«Ronald Jones, nicht wahr?» Mrs. Jenkins ging vom Postschalter zu ihrem eigenen Ladentisch hinüber, um vertraulicher sprechen zu können. «Also, der ist besser als die meisten. Sie sind nicht von jeher hier im Dorf gewesen, sein Vater stammt aus Swansea...»

Sie wurden unterbrochen.

Zwei Einheimische, eine Bauernfrau und ein Steinbruch-Arbeiter, betraten zusammen den Laden, und noch ehe die Tür sich ganz geschlossen hatte, drückte Mrs. Jameson, eine Freundin von Mrs. Smith, sich ebenfalls herein.

«Also, ich mache jetzt, daß ich fortkomme, Mrs. Jenkins.» Mrs. Smith packte ihre Kolonialwaren eiligst in den Korb. «Hier kann man sich ja fast nicht mehr rühren zwischen all den Schaltern und Tischen.»

Sie wandte sich ab und schob sich auf die Tür zu. Der Steinbruch-Arbeiter trat rasch zurück und zog seinen Mantel enger an sich, damit sie ihn beim Hinausgehen nicht streifte.

Mrs. Smith blickte ihn herausfordernd an: »Schon gut, Sie brauchen sich keine Sorgen zu machen! Wenn ich auch in einem Wohnwagen lebe und mein Mann nur ein Arbeiter ist, halten wir uns trotzdem sauber!»

Der Mann starrte sie an und begriff überhaupt nicht, was sie meinte.

Von seinem Schweigen nur noch mehr gereizt, fuhr Mrs. Smith fort: «Sich so zu ducken, damit ich Sie nur ja nicht berühre! Glauben Sie vielleicht, ich

52

würde Sie mit Typhus anstecken oder so was ähnlichem?»

Der Steinbruch-Arbeiter, ein großer, starker Mann, aber von Natur friedliebend, fühlte sich jetzt ungemütlich, von Frauen umringt und wie in einer Falle.

Die Bauernfrau mischte sich zu seiner Verteidigung ein: «Mr. Johnson hat keine Ahnung, wovon Sie reden! Das sehen Sie doch selbst, etwa nicht? Und ich kann Ihnen auch sagen, warum er zurücktrat und nicht wollte, daß Sie seine Jacke streifen — weil er über und über voll schwarzer Schmiere ist, vom Steinbruch her, sehen Sie nur! Und Sie wollen doch sicher auch keinen *Waliser* Schmutz an ihrem brandneuen Mantel haben, nicht wahr?»

«Also, hören Sie, Mrs. Robertson!» Mrs. Jenkins schlug mit der Faust auf den Ladentisch. «Ich will kein Gezänk in meinem Laden! Wenn Sie Streit mit Mrs. Smith anfangen wollen, dann gehen Sie bitte raus und machen es auf der Straße ab!»

«*Ich* einen Streit anfangen?» Die Bauernfrau war ehrlich empört. «Sie hat doch angefangen, etwa nicht? Sie werden jetzt wirklich unverschämt, Mrs. Jenkins, Sie mit Ihrem Bild in dieser Lügen-Zeitung! Und *Sie* werde ich nie mehr als Kundin bemühen! Guten Morgen allerseits!»

Ärgerlich, mit hochgerötetem Gesicht drängte sie sich zum Ausgang, fand aber die Tür blockiert von einer Menge Menschen, die meisten von ihnen ebenfalls mit roten Köpfen und zornig.

Ein Zeitungsreporter hatte einen Vorübergehenden angesprochen, um die Reaktion der Einheimischen festzustellen, als sie erfahren mußten, daß die Anklage, die den Saboteuren bisher drohte, sich demnächst vielleicht in eine Anklage wegen Totschlags verwandeln könnte. Der Reporter kam eben von der Klinik in Aber, wo er gehört hatte, daß Mr. Parkins' Zustand sich rasch verschlechterte.

Aber zu einem Passanten hatte sich ein anderer gesellt, dann war eine Gruppe von Damm-Arbeitern dazu gekommen, und jetzt war der Reporter ein bißchen erschrocken, sich plötzlich als Mittelpunkt einer immer wütenderen Menge zu sehen.

Die Damm-Arbeiter waren jetzt durch das neue Gerücht erregt — der Möglichkeit, der Nachtwächter könnte sterben. Die meisten von ihnen waren, als die Sabotage entdeckt wurde, viel stärker von der Zerstörung des Dammes betroffen gewesen als vom Schicksal des Nachtwächters. Der Damm war ihr eigenes Werk und eines, für das sie lange Zeit schwer gearbeitet hatten. Sie hatten Mr. Parkins' Verletzung gar nicht so ernst genommen und nie daran gedacht, daß er sterben könnte. Jetzt aber war in dem Wirrwarr von hitziger Anklage und Leugnung eine allgemein feindselige Atmosphäre entstanden, so daß die Schlagzeile in der Zeitung «Krieg in einem Waliser Tal» sich vielleicht doch noch als richtig erweisen könnte.

«Bestimmt war es einer von eurer Bande, der's getan hat!» schrie ein Damm-Arbeiter. «Dafür wette ich meinen letzten Dollar. Und nehmt euch lieber in acht, das sag ich euch. Einen alten Mann, der sich nicht verteidigen kann, über den Kopf zu hauen! Das ist alles, wozu ihr taugt. Aber *wir* werden mit dem abrechnen, der's getan hat, da könnt ihr sicher sein, und zwar noch ehe eure Waliser Polizei ihn in die Hand bekommt!»

Es gab allgemeinen Tumult, und ein Bauernknecht aus dem Tal begann, sich gewaltsam seinen Weg durch die Menge zu bahnen, entschlossen, den Sprecher zum Schweigen zu bringen.

Die Situation wurde durch Mr. Fleming gerettet.

Auf seinem Weg zu dem Gasthof, wo die Arbeiter sich für gewöhnlich nach dem Schichtwechsel trafen, kam er im Mini-Bus des Kontraktors um die Ecke und brachte den Wagen jäh zum Stehen. Da er begriff, was sich hier anbahnte, drückte er auf die Sirene und hupte ausdauernd. Dann beugte er sich aus dem Fenster.

«Los. Los! Los!» schrie er aus voller Lungenkraft. «Alle, die bei Mansfield, Brown & Co. arbeiten, in den Bus! Es gibt mehr zu tun, als hier streitend herumzustehen, und es ist schon über zwei Uhr! Los mit euch allen also, mit jedem von euch!»

Er war ein strenger Vorarbeiter, dabei aber beliebt. Zögernd folgten ihm die Arbeiter, fuhren dabei aber fort, auf die Dorfbewohner zu schimpfen. Der Mini-Bus fuhr davon und ließ den Reporter mit genügend Stoff zurück, um ihn mindestens zehn Minuten am Telephon festzuhalten.

Nachmittags um vier Uhr hatte der Zeitungsartikel vom Morgen seine Wirkung getan, und der

Schul-Bus war jetzt streng getrennt: Die Kinder der Damm-Arbeiter saßen auf der einen, die aus Tal und Dorf auf der andern Seite.

Die jüngeren Kinder waren genau so entschieden in ihren Ansichten wie die älteren, und Beleidigungen und Schmähungen waren an der Tagesordnung. Dem Fahrer gefiel das gar nicht. Als er einen Moment zurückschaute, um hinter ihm kommenden Fahrzeugen freie Fahrt zu geben, kreuzte sich sein Blick mit dem von Lyn, die eine der Angriffslustigsten war. Sie tat, als sähe sie ihn nicht und fuhr fort, Tracy Smith Beschimpfungen zuzuschreien. Dann begannen sich zwei der Jungen auf der rückwärtigen Bank zu verprügeln.

Mr. Roberts fuhr den Bus auf den nächsten Rastplatz und hielt an. Dann stand er auf und wartete auf ein Mindestmaß von Stille, bevor er sprach.

«Es ist nicht meine Aufgabe, mich hier einzumischen», sagte er. «Ich bin bloß Fahrer, kein Schiedsrichter. Soviel ich weiß, sind hier zwei Vertrauensschüler im Wagen, aber wenn sie euch nicht mal in Ordnung halten können, werde ich mich beschweren müssen. Ich kann mich nicht aufs Fahren konzentrieren, wenn hinter mir gebrüllt und gerauft wird. Nein, das kann ich wahrhaftig nicht, also bitte Schluß damit!»

Als er weiter fuhr, war es tatsächlich ruhiger. Lyn zum Beispiel schwieg eine Zeitlang beschämt und vertraute dann ihre Bemerkungen leise dem neben ihr sitzenden Peter an — doch immer noch laut genug, daß Rachel sie hören konnte.

«Ich weiß, sie sagen, sie sind genau solche Menschen wie wir, aber stell dir doch bloß vor, Peter, in einer Menge kleiner Blechschachteln zu leben, und alle auf einem kleinen Feld zusammengequetscht! Kein Garten, noch sonst was, nicht einmal ein richtiges Schlafzimmer! Nirgends hingehen können, wo man einmal für sich sein darf! Die müssen doch verrückt sein, so zu leben, wenn sie's nicht müssen.»

Rachel aber reagierte nicht auf diesen Angriff. Sie saß auf ihrem gewohnten Platz an der Tür und starrte unentwegt aus dem Fenster, bis der Bus an der Abzweigung zu den Wohnwagen hielt. Dann hastete sie davon, voll Widerwillen gegen die Streiterei, die die anderen gerade anfingen zu genießen.

Das Tal lag in schwachgoldenem Licht, als Lyn und Peter aus dem leeren Bus stiegen und dem Fahrer ein bißchen schweigsam zum Abschied zuwinkten. Lyn riß sich die Schulmütze vom Kopf und schüttelte ihr Haar. Sie fühlte sich gleich als ganz anderer Mensch, jetzt, da sie nur die ruhige Weite der Landstraße vor sich hatte.

Vor allem fühlte sie sich weniger kampflustig angesichts des stillen Tales rings um sie mit seinen gepflegten Feldern und den immer noch belaubten Bäumen in den Grenzhecken. Sie schaute zum blauen Himmel empor und rings um sich über das braune Moorland, wo ihres Vaters Schafe weideten. Plötzlich kam sie sich viel kleiner vor und auch viel friedlicher. Erleichtert atmete sie auf.

Sie waren noch nicht weit gegangen, als sie vor sich einen Mann erblickten, der pfeiferauchend auf einem Hang am Wegrand saß.

Es war Mr. Spencer, der zur Erholung in Bryn war und den sie am Tag zuvor fast an derselben Stelle getroffen hatten. Er langweilte sich ziemlich, wie immer im Urlaub, denn er war Busfahrer in Nottingham und machte so viel Überstunden, daß ihm für gewöhnlich keine Mußezeit übrig blieb. Und wenn er welche hatte, wußte er nicht, wie sie füllen. So war er ganz froh über den Krach wegen des Damms, weil das Gesprächsstoff für ihn bot.

Er erhob sich, als Lyn und Peter sich näherten, und begleitete sie ein Stück auf ihrem Weg. Das war ihnen ein bißchen lästig, weil es sie verlangte, möglichst rasch nach Hause an ihren Teetisch zu kommen, während Mr. Spencer gar keine Eile hatte.

«Heute nachmittag habe ich mit Mr. Morris gesprochen», berichtete er in seiner langsamen Art, «und er hat mir von Dolgarrog erzählt. Wißt ihr, mich wundert's eigentlich, daß die Leute im Dorf nicht mehr Angst vor diesem Dammbau haben. Ich meine, der Damm ist doch genau oberhalb von ihnen, nicht wahr? Wird er bestimmt nicht gefährlich für sie werden mit seinem Staubecken gerade an dieser Stelle?»

«Was ist denn das, Dolgarrog?» fragte Peter. «Davon hab ich noch nie was gehört!»

Lyn warf ihm einen mißbilligenden Blick zu, denn sie wollte hier loskommen, wußte aber nicht,

58

wie sie das jetzt anstellen sollte, nachdem Mr. Spencer offensichtlich soeben mit einer langen Geschichte angefangen hatte. Aber da er sich nun einmal in Bryn aufhielt, glaubte sie, höflich sein zu müssen und fragte also: «Wo ist denn Dolgarrog?», wobei sie sich bemühte, interessiert zu scheinen.

«Ein bißchen weiter nördlich», sagte Mr. Spencer. «In der Nähe von Conway und direkt neben dem Fluß. Gerade am Rande des Conway-Tals und mit steil abfallenden Hügeln dahinter. Es wäre fast wie eine Klippe, sagte Mr. Morris. Er hat auf einem Hof gerade auf der Spitze gewohnt.»

«Aber er hat doch immer in Bryn gelebt!» verbesserte Lyn ihn ein bißchen schroff. «Das weiß ich wirklich ganz genau. Die Familie Morris hat es schon von jeher in Bryn gegeben.»

«Oh ja, er ist hier geboren, das stimmt, und hat als junger Bursche hier gelebt. Das weiß ich auch. Aber er und sein Vater waren sich spinnefeind, und darum hat er bis zum Tod des alten Herrn auf verschiedenen Höfen in Wales als Knecht gearbeitet. So kam es, daß er in Dolgarrog war, als der Damm brach.»

«Was für ein Damm?» fragte Peter. «Sie haben gar nichts davon gesagt, daß es da einen Damm gab.»

«Ja, hoch oben in den Bergen hinter dem Dorf war er und zwar ein großer. Saubere Arbeit! Aber die Bauern ringsum hatten während des Baues Streit mit den Ingenieuren, denn sie wußten, daß das Tal am Grunde meist moorig war, und sie behaupteten, der Damm würde nicht halten. Na, also, er hat nicht gehalten. Mr. Morris hat mir erzählt, wie es passiert ist. Einfach grauenhaft, und seht ihr, da habt ihr's! Dasselbe kann hier auch passieren. Man kann nie wissen!»

Er wies mit einer gewissen Befriedigung auf den halb fertigen Damm, der das Tal von Carreg-Wen abschloß, und auf das Dorf, das unmittelbar jenseits davon lag.

Peter nickte, erfreut, neue Argumente für den Streit von morgen zu haben; Lyn jedoch war nicht überzeugt.

«Aber wenn der alte Mr. Morris damals jung war», wandte sie ein, «muß das doch viele Jahre her sein! Jetzt baut man so einen Damm bestimmt solider.»

«Freilich, es ist lange her», gab Mr. Spencer zögernd zu. «Neunzehnhundertdreiundzwanzig, glaube ich, hat er gesagt, an einem frühen Winterabend. Wasser war durch den Torfboden unterhalb der Damm-Mauer gesickert, versteht ihr, und so haben die Fundamente nachgegeben. Dann hat das Gewicht des Wassers dahinter ein großes Loch in die Mauer gerissen, und furchtbare Wassermassen haben sich in das Tal ergossen. Ein paar Bauernhäuser stünden da heute noch, sagt Mr. Morris, so wie sie übrig geblieben sind, als die Wassermassen vorbei waren.»

«Sind sie voller Schlamm?» Peter war ganz hingerissen von der Geschichte. «Leer?»

«Leer ja, und mit großen Löchern in den Mauern, da, wo Steine und Geröll durchgebrochen sind. Das Wasser hat alles mit sich weggerissen, einfach das Tal runter bis zu den Klippen hinter Dolgarrog, Steine, Geröll, Schlamm, Schafe und alles. Dann ist's weiter geschäumt, bis zum Dorf.»

«Sind Menschen umgekommen?» Lyn sah es im Geist nur allzu deutlich vor sich, die Wucht des Wassers aus dem Staubecken, das donnernd den Berg herunterkam und ohne jede Warnung Höfe und Häuser wegriß. «Haben sie es vorher kommen hören?»

«Nicht, ehe es zu spät war, vermute ich. Neunzehn Menschen sind jedenfalls umgekommen; sie wurden einfach in den Conway runter gespült. Und ein Teil des Dorfes ging mit ihnen verloren. Es war ein furchtbarer Schaden. Sie mußten nachher den ganzen Ort mehr oder weniger neu aufbauen.»

Lyn und Peter verstummten. Als Mr. Spencer Lyns entsetztes Gesicht sah, wollte er die Sache mildern.

«Aber in der Nacht ist auch eine Art Wunder geschehen», fuhr er fort, «weil jedes einzige Kind im Dorf verschont blieb. Sie waren gerade alle in der Schule, seht ihr, um irgendeine Filmvorführung anzuschauen, und plötzlich flackerten alle Lichter und gingen aus, und sie hörten das Brausen des Wassers und das Donnern der Felsblöcke in den Straßen, aber das war alles. Sie wurden gerettet, und so war doch etwas Gutes dabei, nicht wahr?»

Nach einem Schweigen sagte Lyn traurig: «Und Mr. Morris wurde also auch gerettet; aber jetzt wird statt seiner Bryn als Ganzes überschwemmt werden und untergehen. Und es hätte doch für alle Zeiten ein Hof sein sollen. Es ist doch schon so alt.»

«Oh ja, aber es ist auf jeden Fall schon verloren, dieses Bryn. Hat Mr. Morris auch das nie erzählt? Es gehört ihm ja gar nicht richtig, versteht ihr, er hat nur das Nutzungsrecht davon bis zu seinem Tod. Dann geht es automatisch an seinen Sohn Derek über. Mr. Morris' Vater hat es absichtlich in seinem Testament so bestimmt, um ihn zu kränken. Ich hab euch ja schon erzählt, sie vertrugen sich nicht. Nun, ihr kennt Derek! Bryn oder überhaupt die ganze Landwirtschaft könnte ihm nicht gleichgültiger sein. Wenn es also nicht dazu bestimmt sein sollte, im Wasser unterzugehen, würde er es auf jeden Fall verkaufen. Wahrscheinlich würde es als Gasthaus eingerichtet werden für Leute, die hier ihre Ferien oder Wochenende verleben wollen. Wußtet ihr das nicht? Vielleicht hätte ich es euch nicht erzählen sollen.»

Tatsächlich hatten Lyn und Peter nichts davon gewußt. Schweigend blickten sie einander an. Ein Gasthaus! Besser für Bryn, mit dem ganzen Tal überschwemmt zu werden, als das!

ES HAT IMMER MORGANS
HIER GEGEBEN

Lyns Klasse zog zu einem Ausflug los, und die
Schüler drängten sich aufgeregt um den Bus. Es
war Lyn gelungen, einen Fuß auf die zweite Tür-
stufe zu setzen und mit einer Hand das kalte Metall des Türgriffs zu umklammern, aber weiter kam
sie nicht. Irgendjemand drückte sie rückwärts nach
einer Seite, und ihr ganzer Körper wurde gegen den
Kotflügel gepreßt. Sie machte verzweifelte An-
strengungen, sich weiter vorwärts zu kämpfen. Es
gelang ihr, aber ihr einer Fuß rutschte aus und traf
jemand hinter ihr. Unglücklicherweise war es ihre
Klassenlehrerin.

«Lyn Morgan!» Miß Parry hatte Grund, ärgerlich zu sein. «Du bist doch wirklich barbarisch! Du
bist schlimmer als ein Junge. Jetzt geh zurück ans
Ende der Schlange, stell dich ganz hinten an und
warte, bis ich sage, du dürftest hereinkommen.»

So stand Lyn abseits und wartete, während der
Tumult sich allmählich legte. Sie tat, als läse sie
eine Einkaufsliste ihrer Mutter, die sie zufällig in
ihrer Manteltasche fand, und bemühte sich, die
grinsenden Gesichter ihrer speziellen Freundinnen
zu übersehen.

Dann trat Miß Parry an die Tür und rief sie herein. Es war nur noch ein einziger Sitz frei. Langsam ging Lyn durch den ganzen Bus, in der Hoffnung, doch noch einen anderen Platz zu finden. Aber es war aussichtslos, und so setzte sie sich schließlich — zum allererstenmal — neben Rachel Fleming. Beide saßen steif und stumm da. Der Bus glitt aus dem Tor des Schulhofs und wandte sich dem Hochmoor jenseits des Waldes zu. Es ging stetig aufwärts, und Miß Parry saß mit gefalteten Händen da, nervös in dem Gedanken, sie könnten auf der schmalen Straße einem anderen Fahrzeug begegnen.

Sie trafen jedoch nichts und niemand, bis sie das letzte Dorf erreichten, wo der Bus hielt, weil die Straße zu Ende war. Der Fahrer wendete den Wagen, öffnete die Tür und setzte sich dann mit einer Zigarette und der Zeitung behaglich auf seinen Sitz, um auf die Rückkehr der Klasse zu warten.

Die Kinder drängten mit ebensoviel Begeisterung und Lärm hinaus, wie sie beim Einsteigen gezeigt hatten. Miß Parry war beliebt, hatte aber nicht viel Autorität.

Es war ein schöner Tag mit kräftigem Wind, der hohes Gewölk über den Himmel trieb und auf den Hügeln Sonne und Schatten wechseln ließ. Als Miß Parry den Schülern die Richtung ihres Weges angegeben hatte, stob die ganze Bande davon. Sie konnte ihnen nur noch laut nachrufen: «Seid vorsichtig, und wenn ihr in die Nähe des Steinbruchs kommt, wartet alle auf mich. Keiner darf zu nahe herangehen, ehe ich da bin.»

Aber dreiviertel von ihnen warteten schon lange vorher auf sie. Auf dem steinigen Boden des Hügels war der Pfad nur undeutlich zu erkennen, und man konnte leicht davon abkommen, um dann plötzlich in dichten Büschen von verkrüppeltem Stechginster oder in weitem Torfgelände zu enden. Miß Parry hastete um eine Felsecke, voller Angst, alle könnten schon außer Sicht sein, ehe sie nur halbwegs oben war. Doch fand sie alle Mädchen und die Hälfte der Jungen friedlich am Wegrand sitzen und schon ihre Butterbrote verzehren, obwohl es erst halb elf Uhr war.

Das heißt, alle Mädchen außer Lyn Morgan. Natürlich, dachte Miß Parry, würde sie jetzt schon zusammen mit Peter Owen droben auf dem Gipfel sein. Sie konnte nur hoffen, daß sie dort auf sie warten würden, wie sie es befohlen hatte.

Das hatten sie getan, waren aber schon nahe am Rande des Steinbruchs. Dort hatten sie sich gemütlich in einer geschützten Mulde des Moorlandes gelagert, futterten Süßigkeiten und spielten Karten.

Miß Parry hielt ihnen einen kurzen Vortrag über die Gefahren von Fettleibigkeit und Spielbesessenheit. Das war humorvoll gemeint, wurde aber nicht entsprechend aufgenommen, außer von ein paar gutmütigen Mädchen, die höflich lachten.

«Bitte, Miß», sagte Peter Owen, entschlossen, das Thema zu wechseln, «wir haben uns darüber gestritten, ob der Berg da drüben der Chicht ist.

Ich sage, ja, er ist's, aber Ronald Jones behauptet, er ist's nicht.»

Er wies nach Westen, wo ein Berggipfel, der aus dieser Entfernung völlig dreieckig schien, sich vom Himmel abzeichnete. Miß Parry entfaltete ihre Generalstabskarte, und es erwies sich, daß Ronald Jones im Irrtum war. Dann kam man zum Zweck des Ausflugs.

Miß Parry erklärte ihnen, wie die mit Schieferbruch beladenen Loren auf den schmalen Geleisen an die tausend Fuß tief ins Tal hinab gerollt waren, bis nach Blaenau. Sie gab ihnen einen kurzen Überblick über die Geschichte von Portmadoc, über Blüte und Verfall der Schieferindustrie, über die Geologie der Gegend. Sie suchten nach verschieden gefärbten Schieferbruchstücken, nach Quarzklumpen neben dem Weg, nach verschiedenen Moosarten zwischen dem Moor. Dann führte sie sie in geordneter Gruppe zu den Überresten der Steinbruchhütten hinauf und gebot ihnen dort, sich zu zerstreuen und Notizen über alles Interessante zu machen, das ihnen auffiel und das sich ihren für nächste Woche geplanten Aufsätzen noch einfügen ließ.

Kein einziger machte Notizen.

Sie folgten den rostigen Bahnschienen bis in die unvorstellbar engen und kalten Tunnel und waren rascher wieder draußen, als sie hineingekommen waren. Sie versuchten, eine alte Lore in Gang zu setzen, mußten aber feststellen, daß sie auf ihren Geleisen völlig festgerostet war. Sie kletterten wacklige Treppen hinauf, um von dort weitere Aussicht zu haben.

Rachel stand die ganze Zeit über allein in einem halb verfallenen Gebäude an die Steinmauer gelehnt und versuchte, sich in das Wesen der Örtlichkeit einzufühlen.

Der Boden war mit Holzspänen bedeckt, die vom Dach gefallen waren, mit Schieferstücken und mit allen möglichen Überresten rostigen Metalls: Zahnrädern, großen und kleinen, Nägeln, Schrauben, Bruchstücken von Ketten. Sie hob eine davon auf, wog sie in der Hand und ließ die Glieder aneinander klirren. Splitter fielen davon ab, ganz dünn und braun, und die einst glatte und glänzende Oberfläche war zerfressen und fleckig. Dieses alte Eisen hatte einen bitteren Geruch, und sie fragte sich, wie lange es hier wohl gelegen hätte.

Lyn kam hereingestürmt und blickte sich um, aber da sie aus hellem Sonnenschein in fast völlige Finsternis trat, sah sie Rachel nicht. Sie scharrte mit den Füßen in den Trümmern herum, blickte zu den Überresten des Daches empor und lief sofort wieder hinaus, wobei sie jemand draußen zurief: «Da gibt es nichts Sehenswertes. Es ist bloß ein verschimmeltes altes Gebäude, weiter nichts!»

«Oh, nein, keineswegs!» sagte sich Rachel empört und tastete noch einmal das Stück rostiger Kette ab. «Du gebrauchst weder deine Augen noch deine Phantasie, Lyn Morgan, daran fehlt's eben bei dir! Vielleicht ist's einmal ein sehr wichtiges Gebäude gewesen, was weißt du davon!» Nachdem sie den Ort in dieser Weise verteidigt hatte, lehnte sie sich wieder an die Mauer. Sie fühlte sich träumerisch und romantisch und kam sich überlegen vor.

Nachdem sie die Reste ihres mitgebrachten Frühstücks verzehrt hatten, stiegen sie in das Tal hinunter zu einem noch älteren Steinbruch. Hier dehnte sich das Hochmoor rings um sie, schwarz und drohend, und in der Mulde des Steinbruchs standen die Ruinen eines Dorfes. Es war nur ein kleines Dorf, die Häuschen dicht aneinander gedrängt, und es wirkte noch kleiner durch die sich türmenden Haufen von ungenutztem Schiefer. Als aber Miß Parry ihnen die Geschichte des Dorfes erzählte, saßen sie still auf dem Hügel oberhalb davon und starrten schweigend hinunter.

Sie erklärte ihnen, daß dieser Steinbruch zu hoch und entlegen in den Bergen gewesen sei, sodaß die Männer nicht Tag für Tag zur Arbeit hierher gehen konnten, oft bei Nebel und Regen, und so hatten sie hier in diesem kleinen Dorf gehaust, völlig vereinsamt. Viele von ihnen kamen von weit her, vielleicht vom westlichen Moorland herüber, sodaß sie nur einmal in der Woche zu ihrem wirklichen Heim wandern konnten, um ihre Frauen und Kinder zu besuchen und dann spät nachts in diese kalte Burg zurückzukehren.

Im Gefühl, endlich einmal die Aufmerksamkeit ihrer Zuhörer gefunden zu haben, zum erstenmal während des ganzen Ausflugs, war Miß Parry zufrieden mit sich und lehnte sich lächelnd zurück.

Dann zerstörte Peter Owen absichtlich die Stimmung, indem er versuchte, ein Schieferstück möglichst hoch und weit fort zu werfen. Sogleich beugte die ganze Klasse sich vor, um zu sehen, wo es herunterfallen würde. Es traf mitten in einen kleinen Teich von türkisfarbenem Wasser, einem von mehreren in dieser Gegend.

Und im Nu wetteiferten alle im Steinwerfen außer Miß Parry und Rachel Fleming. Rachel betrachtete das Wasser und fragte sich, wieso es solche wunderbare Farbe hätte. Dann ging sie zu Miß Parry hinüber, um sie deswegen zu befragen, eigentlich aber, weil diese so niedergeschlagen und verloren aussah.

So redeten die beiden ruhig miteinander, und die übrige Klasse nahm keine Notiz mehr von ihnen.

Während des Abstiegs waren alle mehr oder weniger schweigsam. Sie waren müde, und der Wetterumschlag wirkte bedrückend auf die Stimmung.

Der Wind hatte sich gelegt, Nebel breitete sich über das Moor und nahm dem Tag seinen Glanz. Noch eben hatte der herumliegende Schiefer silbrig in der Sonne geschimmert, gleich darauf lag er trüb, grau und armselig herum.

Alle dachten an frisches Gebäck und Schokolade und Erdnüsse und hofften, der Dorfladen würde bei ihrer Heimkehr noch offen sein. So gab es Verärgerung und allgemeines vorwurfsvolles Stöhnen, als Rosemary Davis erklärte, sie hätte ihres Vaters Photoapparat am Steinbruch vergessen.

«Bei *welchem* Steinbruch denn, Rosemary?» fragte Miß Parry. Sie war ebenfalls verärgert. Sie wollte am Abend zu einem Tanzfest gehen und fürchtete, der Nebel würde ihre frisch gewickelten Locken zerstören.

«Beim zweiten war es, denn ich habe noch ein Photo von dem Dörfchen gemacht und dann den Apparat neben mich gelegt, um Steine zu werfen.» Man merkte, daß Rosemary den Tränen nahe war. «Es ist ein so schrecklich teurer Apparat, Miß Parry. Ich trau mich nicht, ohne ihn nach Hause zu kommen!»

«Das verlangt ja niemand von dir, du albernes Ding!» Die Lehrerin musterte ihre Klasse im Gedanken daran, wer etwa als Freiwilliger in Betracht käme. Sie sah Lyn Morgans spöttischen Blick auf sich gerichtet. «Lyn, du bist doch eine Bergsteigerin, soviel ich weiß. Willst du rasch zurückgehen und die Kamera holen, während wir langsam weitergehen? Es sollte dich nicht allzuviel Zeit kosten.»

Lyn nickte nur, wandte sich wieder bergaufwärts und verschwand im Nebel. Plötzlich wurde Miß Parry klar, daß sie nicht gerade sehr vernünftig gehandelt hatte.

«Lieber Himmel!» sagte sie. «Vielleicht hätte ich

Lyn nicht ganz allein schicken sollen. Will irgend jemand ihr rasch nachgehen und dann gemeinsam mit ihr zurückkommen? Rachel, willst du das übernehmen? Du hast mehr gesunden Menschenverstand als die meisten anderen.»

Rachel ging natürlich nicht gern. Als aber nur noch Nebel sie einhüllte und alle anderen außer Sicht waren, fing sie an zu laufen. Lieber noch die Gesellschaft von Lyn Morgan als so allein in der stummen Bergwelt.

Lyn hörte jemand hinter sich herkommen und blieb wartend stehen. Als sie aber sah, daß es Rachel war, wandte sie sich jäh ab und ging weiter. Rachel behielt sie im Blick und war dicht hinter ihr, als sie zu dem Moorland am Rand des Steinbruchs kamen.

Hier trieb der Nebel vor einem leichten, unregelmäßigen Wind daher, und plötzlich wurden sie von einem Sonnenstrahl überrascht. Gleich darauf funkelte und glänzte der ganze Steinbruch. Die Schieferhaufen rings um das Dörfchen waren leuchtend silbern, und die türkisfarbenen Tümpel strahlten noch heller als zuvor. Es war ein seltsamer Glanz, an den Rändern von Moorlandnebel umdroht — beinahe unheimlich.

Lyn breitete die Arme aus und sagte aus tiefstem Herzen: «Schön ist das, oh Gott, ist das schön!»

Rachel trat neben sie und nickte leidenschaftlich zustimmend, ohne daran zu denken, daß sie hier wahrscheinlich nicht willkommen war. «Ja, das ist eins von den Dingen, die man nie vergißt, nicht wahr? Man wird immer die kleinste Einzelheit davon vor sich sehen, als wäre es eine Photographie, nur viel lebendiger natürlich, weil man ja auch das Gefühl davon behält.»

Lyn wandte sich überrascht nach ihr um, denn sie hatte ihre Gegenwart ganz vergessen. «Ja», sagte sie nur mechanisch, ohne irgend etwas Bestimmtes damit zu meinen.

Dann verschwand die Sonne, und der Nebel war wieder rings um sie. Rachel sah den Apparat neben einem Felsen liegen und hob ihn auf, und dann wandten beide sich wieder bergab.

Plötzlich begann Lyn ganz schlicht und natürlich zu sprechen, als hätte der Augenblick gemeinsamer Freude sie einander nahe gebracht — wie er es tatsächlich getan hatte.

«Wahrscheinlich denkst du, wir regen uns alle wegen gar nichts auf, nicht wahr? Über den Bau des Dammes, meine ich, und über die Talsperre. Gewiß, so schön ist das Tal ja schließlich gar nicht, und es leben auch nicht so besonders viele Menschen dort. Überhaupt nicht viele, verglichen mit anderen Orten, von denen man liest und an denen man auch Dämme gebaut hat. Es ist eben nur, daß immer Morgans in unserem Haus gelebt haben. Und es hat immer Morrises in Bryn gegeben. Und Robert Powell, der oberhalb der Straße wohnt, ist neunundsiebzig Jahre alt. Mama fürchtet, er wird verrückt werden. Gestern stand er auf einer Trittleiter und strich die Fensterrahmen seines Hauses an. Was anderes bleibt ihm nicht mehr zu tun, verstehst du?»

«Ich weiß, ich weiß!» Wieder nickte Rachel heftig. «Denke nur nicht, daß ich nicht deiner Meinung bin, nur weil mein Vater bei einem Teil des Baues beschäftigt ist. Ich verstehe, daß das Ertränken des Tals für dich so ist, als ertränke man einen Menschen.»

Schweigend gingen sie eine Weile weiter. Der Nebel trieb immer noch übers Moor, und kein Ton war zu hören außer ihren eigenen Schritten. Dann erzählte Lyn Rachel die Geschichte von Dolgarrog, und sie redeten über die Sabotage am Damm. Und Rachel erklärte Lyn, was von jeher ihr größter Wunsch gewesen war, solange sie überhaupt zurückdenken konnte: wenigstens einmal mehr als zwei Jahre in ein und demselben Haus zu wohnen und in ein und dieselbe Schule zu gehen.

«Wir ziehen ständig herum, verstehst du?» sagte sie. «Sobald eine Bauarbeit fertig ist, ziehen wir weiter, und Anne und ich hassen es beide. Augenblicklich haben wir Anne zurückgelassen, so daß sie ihre Prüfungen machen kann, aber sie haßt es genauso wie ich.»

Von all dem war Lyn ganz überwältigt, und als sie den Photoapparat in die Hände von Rosemary Davis abgeliefert hatten, setzten die beiden Mädchen sich nebeneinander in den Bus und fanden während der ganzen Heimfahrt kein Ende mit ihrem Gespräch.

WENN ER NUR REDEN WOLLTE!

Am Donnerstag kam Lyn zu spät zum Tee nach Hause, weil sie nach der Schule beim Zahnarzt gewesen war. Ihr Vater war gleichfalls eben erst heimgekommen und öffnete im Moment ihres Eintreffens die Hintertür, um seine Stiefel hinauszustellen.

Er sah sie gereizt an, so daß sie erschrak. «Entschuldige, daß ich mich verspätet habe, Vater», sagte sie hastig. «Aber es mußten mir drei Füllungen gemacht werden, und es wäre wahrscheinlich noch später geworden, wenn Mrs. Robinson mich nicht im Wagen mitgenommen hätte. Ihr habt doch nicht etwa auf mich gewartet?»

Ein Weilchen sagte er gar nichts und dann nur: «Nein, natürlich nicht, Kind.» Es klang nur überrascht, so, als hätte seine Gereiztheit überhaupt nichts mit ihrer Verspätung zu tun, sondern gelte nur irgend welchen eigenen Gedanken. Er ließ die Tür für sie offen, und sie trat ein.

Auf den ersten Blick sah sie, daß ihre Mutter unglücklich war und eben deswegen ärgerlich. Schweigend knallte sie für Lyn ein weiteres Gedeck auf den Tisch und entriß Emrys heftig den Becher, als er zufällig ein bißchen Milch auf sein hohes Stühlchen verschüttet hatte. Emrys sah zu seiner Mutter auf und begann zu weinen, nicht laut, sondern eher verschreckt, wobei er den Kopf hängen ließ, sodaß die Tränen niedertropften und den Milchsee noch vergrößerten.

Lyn ertrug es nie, ihn so unglücklich zu sehen und fing sofort an, ihn zu trösten. Er drückte seine Wange an ihre, und während sie ihm beruhigend zusprach, klammerte er sich mit einer Hand an sie und lutschte zugleich am Daumen der anderen.

Schweigend setzte Mr. Morgan sich an den Tisch. Seine Frau dagegen sagte scharf: «Um Himmelswillen, Lyn, laß den Buben in Ruhe. Er hat den ganzen Nachmittag gequängelt und gejammert. Iß dein Butterbrot auf, und dann bring ihn zu Bett. Sein Bett ist heute wahrscheinlich der beste Ort für ihn.»

Lyn sah sie von der Seite an und rückte zögernd von Emrys ab, weil sie sicher war, daß er sofort wieder anfangen würde zu weinen, sobald sie sich von ihm löste. Die Mutter beobachtete sie schuldbewußt, denn im Grunde wußte sie, daß der Kleine nur ihrer eigenen schlechten Laune wegen den ganzen Nachmittag geschrieen hatte. Als er nun anfing, heftiger zu weinen als zuvor, riß sie ihn plötzlich hoch und drückte ihn zärtlich an sich. Vor Freude und Erleichterung seufzte Emrys tief auf und schmiegte das Köpfchen an die Schulter der Mutter.

Mr. Morgan runzelte die Stirn. Dies würde wohl kein froher Abend werden, dachte Lyn düster.

76

Sie behielt recht und war froh, zu Bett gehen zu dürfen. Doch konnte sie nicht einschlafen. Über eine Stunde lang hatte sie schon gelesen, als ihr die Zeilen vor den Augen verschwammen und ihre Gedanken abschweiften. Nun lag sie zusammengerollt um ihre Wärmeflasche und versuchte, sich Gründe für die schlechte Laune ihrer Mutter vorzustellen.

Es fiel ihr nichts ein. Ihr Vater war im allgemeinen ein ruhiger Mann und meistens recht gleichmäßiger Stimmung. Sie waren eine glückliche Familie. Jetzt aber waren unverkennbar die Eltern ernstlich verstimmt gegeneinander. Von ihrem Bett aus konnte Lyn sie im Zimmer darunter miteinander streiten hören.

Zuerst hörte sie nur die Stimme ihrer Mutter, die sich offensichtlich über irgend etwas beschwerte, bald aber stritten sie ernstlich. Lyn lag regungslos und sagte sich, noch nie hätte sie die beiden so heftig miteinander reden gehört.

Lange Zeit lauschte sie, bis Kälteschauer sie überfielen und ihr die Kehle vor Angst wie zugeschnürt war. Was könnte denn nur los sein? Leise stand sie auf, in der Absicht, sich die Treppe hinunterzuschleichen und zu lauschen. Aber sie war nicht leise genug.

Die Stimmen brachen jäh ab, und bald darauf hörte sie die Mutter heraufkommen und schlafengehen.

Am nächsten Morgen war Lyns Vater schon mit den Schafen draußen, bevor sie auf war, und als sie von der Schule heimkam, war er noch nicht wieder zu Hause. Die Mutter bemühte sich offensichtlich, heiter zu sein, und sie tranken ihren Tee unter üblichem leichtem Geplauder.

Emrys war ebenfalls vergnügter und verzehrte seine Teemahlzeit mit seinem gewohnten außerordentlichen Appetit. Sein Teller wurde jedesmal so rasch leer, daß Lyn und die Mutter sich damit abwechselten, ihn wieder zu füllen. Lyn machte ihm gerade ein Honigbrot, als es an die Tür klopfte. Die Mutter warf einen Blick auf Lyns klebrige Hände und sagte: «Laß nur, ich mach schon auf.»

Es war die alte Mrs. Morris aus Bryn, die einen Laib Brot brachte, den sie für Mrs. Morgan im Dorf gekauft hatte. Sie setzte sich in den Schaukelstuhl am Ofen und nahm gern eine Tasse Tee an.

«Im Dorf wird eine Menge dummes Zeug geredet, Annie, weißt du das?» sagte sie und musterte Mrs. Morgan mit schiefem Blick. «Man sagt, jeder müsse ein Alibi beibringen, verstehst du, um der Polizei zu beweisen, wo er während der letzten Samstagnacht gewesen ist und was er getan hat.»

Lyns Mutter stand vom Tisch auf und füllte den Milchkrug nach, ehe sie antwortete: «Ja, ich hab davon gehört, gestern, auf dem Postamt. Selbstverständlich hat Mrs. Jenkins mir alles darüber erzählt.»

Mrs. Morris nickte und wiegte sich in dem alten Stuhl sanft hin und her. «Ach, natürlich, das kann ich mir denken. Ira Jenkins läßt sich keine Gelegenheit entgehen, Unheil zu stiften.»

Als sie fort war, begann Lyn, das Geschirr am

78

Spühlbecken aufzustapeln, währen ihre Mutter Emrys für die Nacht fertig machte.

«Was hat Mrs. Morris eigentlich gemeint?» fragte sie. «Über Mrs. Jenkins, die Unheil stiftet? Was könnte sie bei dir für Unheil stiften?»

Die Mutter zögerte, dann sagte sie gereizt: «Daran ist dein Vater schuld, wenn überhaupt einer. Wenn er nur *reden* wollte, dann würden all diese Anspielungen verstummen.»

«Wenn er über was reden wollte?» Lyn saß jetzt, wo vorher Mrs. Morris gesessen hatte, schaukelte aber heftiger.

«Nun, darüber, wo er letzte Samstagnacht gewesen ist, natürlich. Er gibt zu, daß er mit Thomas Owen aus war, weigert sich aber zu sagen, *wo* er war. Und er behauptet, ich ausgerechnet sollte am allerwenigsten fragen müssen.»

«Und da hat er wirklich recht, Mama!» Empört ließ Lyn den Schaukelstuhl auf und nieder sausen. «Glaubst du vielleicht, er wäre einer von der Bande, die den Behelfsdamm zerstört und dann den alten Mr. Parkins über den Kopf gehauen haben? Glaubst du das etwa im Ernst?»

Ihre Mutter war genau so empört. «Nein, nein, natürlich glaube ich das nicht! Nur möchte ich in der Lage sein, es ihnen zu *sagen,* Lyn, all diesen Leuten, die mir so zusetzen! Ich möchte dieser boshaften Ira Jenkins ins Gesicht sagen können: ‚Er war mit den Schafen draußen, und Thomas Owen mit ihm.'»

«Aber was hat das mit dieser Person zu tun, um

Himmelswillen? Das geht sie doch wirklich nichts an!»

Mrs. Morgan zuckte die Achseln und hob Emrys vom Tisch auf. «Natürlich geht es sie gar nichts an, wie du ja selber weißt. Aber in diesem Dorf gibt's wohl mehr Klatschweiber als in irgend einem anderen Dorf in Wales, scheint mir!» Sie trug Emrys in sein Bett hinauf.

Als sie aber wieder herunterkam, redete sie immer noch, als hätte sie das Zimmer gar nicht verlassen, und daraus entnahm Lyn, wie erregt sie war.

«Wenn er nur *reden* würde! Aber dazu ist er einfach zu stolz, verstehst du, und es scheint ihm völlig gleichgültig zu sein, wie unglücklich dieser ganze abscheuliche Dorfklatsch mich macht.»

«Das sollte dich wirklich nicht so bekümmern, Mama», sagte Lyn. «Wer fragt danach, was die alte Jenkins sagt! Niemand! Hinter ihrem Rücken lachen sie doch alle nur über sie und nennen sie...»

Lyn verstummte jäh und starrte ihre Mutter erschrocken an. «Aber wer hat ihnen denn überhaupt gesagt, daß er in der Nacht fort war? Das kann doch kein Mensch gewußt haben außer dir, Mama. Hast du ihn etwa verraten?»

Durch diese anschuldigende Frage fühlte ihre Mutter sich tief verletzt. Ruhig sagte sie jedoch: «Selbstverständlich habe ich das nicht getan, Kind. Kannst du dir das etwa von mir vorstellen? Wie ich zu Ira Jenkins oder Mary Roberts hingehe und sage: ‚Ich mache mir ja selber ein bißchen Sorgen, weil mein William in der Samstagnacht fort war und ich nicht weiß, wo er gewesen ist'. Kannst du dir das von mir vorstellen?»

«Also gut», sagte Lyn. «Wer hat's denen denn sonst erzählt? Etwa Thomas Owen?»

«Thomas? Nein, der bestimmt nicht! Der ist verschlossen wie eine Auster, der Thomas. Er geht ja nicht mal ins Dorf, wenn er nicht unbedingt muß.» Mrs. Morgan fing an, heißes Wasser ins Spülbekken laufen zu lassen. «Nein, Mary Roberts Vetter, der in der Molkerei arbeitet, war's. Er ist ihnen kurz nach fünf Uhr morgens auf der Landstraße begegnet. Und dein Vater *will* einfach nicht sagen, wo sie gewesen sind, ob sie kamen oder gingen, rein gar nichts darüber. Und *das* regt mich so auf.»

«Ja», sagte Lyn nachdenklich und erhob sich, zog sich aber instinktiv vom Spülbecken zurück. «Ja, das scheint wirklich sonderbar. Ich glaube, ich gehe mal auf eine Minute zu den Owens rüber und rede ein Wort mit Peter.»

Ein kurzes Stück Bauholz und ein Schraubenzieher lagen auf der Gartenmauer der Familie Owen, und als Lyn die Gartentür aufstoßen wollte, fiel sie aus den Angeln und ihr auf den Fuß.

Peter kam gerade um die Hausecke, als sie mit einer Hand die Gartentür festhielt und sich mit der anderen den Fuß rieb.

«He!» sagte er. «Was hast du denn mit unserer Tür vor? Ich will sie eben ausbessern.»

«Das ist allerdings höchste Zeit, wahrhaftig, schick dich lieber damit! Fast hätte sie mich zum lebenslänglichen Krüppel gemacht.» Lyn humpelte von ihm fort und zog sich auf die Mauer hinauf.

Peter arbeitete mit dem Schraubenzieher an der Tür herum und schimpfte: «Ich bring diese verdammten Scharniere nicht von dem verdammten Ding los, weil sie alle eingerostet sind. Und ich muß dieses neue Stück Holz hier einsetzen, schau, weil der Türpfosten ja auch schon verfault ist. Ich bin froh, daß er dir auf den Fuß gefallen ist, Lyn Morgan, und ich hoffe, er *hat* dich zum lebenslangen Krüppel gemacht!»

«Böses, kleines Bübchen bist du, was?» Lyn lachte. Dann aber sprang sie plötzlich von der Mauer herunter, um ihn genauer anzuschauen. «Was ist denn mit dir passiert? Hat jemand dich verhauen? Du hast ja ein halbes blaues Auge und eine große Beule überm Ohr!»

«Da solltest du erst Ronald Jones sehen!» erwiderte Peter mit Befriedigung. «Er hat ein ganzes blaues Auge und eine noch viel größere Beule überm Ohr!»

«Wegen was denn?» Lyn kletterte wieder auf die Mauer, um gemütlich zuzuhören.

«Du hättest eigentlich dabei sein müssen, wahrhaftig», sagte Peter. «Er behauptet, dein Vater und mein Vater hätten gemeinsam den Behelfsdamm zerstört und dann versucht, den alten Nachtwächter umzubringen. Also meinetwegen, ich hätte ja gar nichts dagegen gehabt, wenn sie es wirklich gewesen wären, aber dann hat er gesagt, sie wären Feiglinge und hätten Angst, es zu gestehen, obwohl Mrs.

Roberts Vetter sie gleich danach gesehen hat, wie sie vom Damm weggingen.»

«Ausgerechnet so was Blödes und Dämliches zu behaupten!» Vor Wut schlug Lyn sich mit der Faust aufs Knie. «Eben erst hat Mama zu mir über dieselbe Sache gesprochen, und gerade deswegen bin ich hergekommen, um mit dir darüber zu reden. Die hängen ihr im Dorf irgendwas Fürchterliches an, Mrs. Jenkins und die ganze Bande, und sie ist entsprechend aufgeregt darüber. Sie und Papa haben gestern abend schrecklichen Streit deswegen gehabt.»

«Weil er ihr nicht sagen wollte, wo sie Samstagnacht gewesen sind, möchte ich wetten!» sagte Peter. «Meine Mutter ist auch hinter Papa her, er soll es ihr sagen, aber er hat bloß gelacht und geantwortet, wo er gewesen sei und was er gemacht habe, das gehe die Klatschmäuler gar nichts an.»

«Na ja», meinte Lyn nachdenklich, «damit haben sie ja wahrscheinlich recht, nehme ich an. Darüber kann man nicht gut streiten. Aber auf lange Sicht kann es sie vielleicht in eine schwierige Lage bringen, meinst du nicht?»

SIE ÜBERSCHWEMMEN WALES

Der Samstagmorgen brachte einen strahlenden Himmel, über den ein stetiger Wind leichtes Gewölk trieb, und viel Sonnenschein.

Lyn war ins Dorf gegangen, um ein paar Besorgungen für ihre Mutter zu erledigen. Jetzt schritt sie eiligst auf das Postamt zu, wobei sie sich selbst einredete, der Gedanke an das, was sie dort drin zu erwarten hätte, mache sie nicht nervös. Hastig stieß sie die Tür auf. Auffallendes, verlegenes Schweigen empfing sie.

Von den fünf Gesichtern, die sich ihr zuwandten, lächelte ein einziges, nämlich Rachels. Und Rachel war offenbar im Begriff zu gehen. Dankbar lächelte Lyn zurück. Rachel stellte die Einkaufstasche ihrer Mutter auf den Boden und sagte ruhig und mit Nachdruck: «Ich warte hier auf dich, wenn es dir recht ist. Ich habe alle meine Sachen schon beisammen.»

Als sie beide glücklich draußen waren, machte Lyn eine Gebärde, als wolle sie etliche Hälse umdrehen. «Sie haben über Papa gesprochen, als ich reinkam, nicht wahr? Ich bin ganz sicher, daß sie's getan haben. Der alten Mama Jenkins ist das Wort in der Kehle stecken geblieben, und ich wette, daß es ein boshaftes Wort war!»

Rachel nickte zögernd. «Nun ja, das stimmt schon. Aber ich meine, du solltest dir nichts daraus machen.»

«Tu ich auch nicht!» rief Lyn heftig, aber nicht sehr überzeugend. «Ein Haufen alter Schwätzerinnen sind die, weiter nichts. Papa hat überhaupt nichts mit der Zerstörung des Dammes zu tun, hätte er es aber getan, so hätte er doch schließlich nur seine Lebensgrundlage verteidigt, und das geht die jedenfalls überhaupt nichts an. Was würde Mrs. Jenkins dazu sagen, wenn jemand käme und anfinge, ihren Laden niederzureißen ohne ein Wieso und Warum? Da würden wir eine schöne Menge darüber zu hören bekommen!»

Rachel blickte sie von der Seite an und zuckte besänftigend die Schultern. «Ach, die nimmt doch kein Mensch ernst, Lyn», sagte sie. «Die redet doch so über jeden, da bin ich sicher. Die zerreißt alle hinter ihren Rücken.»

Schweigend gingen sie eine Zeitlang weiter. Der böige Wind schlug ihnen die Einkaufstaschen gegen die Beine und zerrte an ihrem Haar. Dann wies Rachel auf die Felsen des Carreg-Wen hinauf, die silbergrau im klaren Herbstlicht schimmerten.

«Ist das nicht herrlich», sagte sie, «wie diese Felsen so jäh aus dem Moorland aufsteigen? Sie müssen ja wirklich sehr hoch sein, richtige Klippen. Wie lange braucht man, um da hinaufzukommen,

Lyn? Ist es sehr schwierig? Ich bin nie oben gewesen.»

«Ach, wirklich nicht?» Lyn war überrascht. «Aber ich hab dich doch überall hier in der Gegend herumgehen sehen mit deinem kleinen braunen Hund! Es ist eine ganz leichte Kletterpartie, wenn man von unserem Haus losgeht. Aber von deiner Ecke her wäre es zu steil und mühsam.» Sie sah auf ihre Uhr. «Hättest du Lust, heute nachmittag hinauf zu gehen? Ich könnte dich gegen zwei Uhr am Ende der Dorfstraße treffen, wenn dir das recht wäre?»

Rachel stand da und blickte auf das stille, braune Wasser des Llyn-Moor-Sees hinunter. Der Wind vom Morgen hatte sich völlig gelegt, so daß Mr. Morgan noch vor Einbruch der Nacht, wenn die Wolken sich verdichteten, Regen voraussagte.

«Als ich das letztemal hier war, habe ich einen Reiher beobachtet», sagte Lyn, «aber heute, wo wir diese kleine Hündin dabei haben, wäre das nicht möglich. Die flitzt ja immer hin und her, ganz anders als unsere Hunde. Wahrscheinlich weil sie nicht zu arbeiten braucht.»

Aggie rannte eifrig zwischen den Grasbüscheln des Ufers auf und nieder, kam aber immer wieder zurück, um sicher zu sein, daß Rachel nicht ohne sie irgendwohin weiterging.

Eine Zeitlang saßen sie zwischen den Felsen, schauten ins Tal hinunter und beobachteten die Wolkenschatten über dem Moor und die Maschinen am Damm unter ihnen.

«Es ist so still, nicht wahr, und trotzdem, wenn du genau hinhörst, ist es gar nicht still», sagte Rachel. «Es ist wirklich unsagbar schön. Ich wünschte, ich wäre hier geboren und hätte immer hier gelebt.»

«Da hast du's!» Angriffslustig wandte Lyn sich ihr zu. «Wir *haben* von jeher hier gelebt, und jetzt müssen wir fort, ob wir wollen oder nicht. Also kann man uns doch wirklich keinen Vorwurf daraus machen, daß wir ein bißchen schimpfen, nicht wahr?»

Rachel beantwortete die Frage nur mit einer anderen Frage: «Wieviele sind's denn eigentlich alles in allem, die fort müssen?»

«Also zunächst mal wir», erwiderte Lyn, «Mama und Papa und ich und Emrys. Dann die Owens, die Eltern und vier Kinder, einschließlich Peter. Dann sind da Mr. und Mrs. Morris in Bryn und Robert Powell oben an der Straße. Dann die Robertsons und die Tanswells, unten am Ende des Tals. Die müssen nicht unbedingt fort, aber ihre Höfe werden nachher nicht mehr viel wert sein, weil sie nur noch das Weidland auf den Hügeln behalten. Das Wasser wird die ganze Talseite überfluten.»

Rachel nickte. «Eigentlich sind es also nur vier Familien. Die Familie Morris mit ihrem großen Hof und drei kleinere Häuser.»

Lyn verstand, worauf sie hinaus wollte und lächelte bitter. «Gewiß, ich weiß, daß es nichts ist im Vergleich mit anderen Gegenden, wo ganze Dörfer und weitere Dutzende von Bauernhöfen überschwemmt worden sind. Aber es geht um's Prinzip. Darauf kommt's an. Sie überfluten Wales! Denk nur an all die Täler, die sie in letzter Zeit überflutet haben. Also, damit können sie doch nicht einfach weitermachen!»

Rachel fühlte sich verpflichtet, für die Wasser-Behörde einzutreten: «Aber von irgendwoher muß es doch kommen», erklärte sie. «Wenn es immer mehr Menschen werden, brauchen sie auch immer mehr Wasser.»

«Ich weiß schon, Birmingham und all diese Städte! Aber was gehen die *uns* an? Warum können sie sich nicht ihre eigenen Staubecken bauen, wenn sie welche brauchen?»

«Nun, du weißt selbst, daß sie das nicht können. Sie haben nicht mal Platz für ein einziges, und hier gibt's genug Regen für zwei.»

«Ja, siehst du, und das kümmert sie überhaupt nicht!» Lyn fing an, zornig und erregt zu werden. «Wir ertrinken den ganzen Winter über in Nebel und Regen, nur *ihretwegen*. Sie sitzen einfach im schönen Sonnenschein, waschen ihre schmutzigen Autos und trinken unser Wasser.»

Rachel lachte und sagte optimistisch: «Nun, vielleicht hören sie bald damit auf. Mit den Talsperren, meine ich. Es gibt ja jetzt schon alle möglichen anderen Verfahren. Vorige Woche habe ich einen Aufsatz darüber gelesen und einen Vortrag im Radio gehört. Papa hat ihn auch gehört.»

«Du meinst, Salzwasser in Trinkwasser zu verwandeln, wie sie's in Jersey oder irgendwo gemacht haben? Miss Parry hat uns voriges Jahr davon erzählt.»

«Ja, das und auch die unterirdischen Wasserspeicher und die Dämme, mit denen sie die Meeresbuchten und die Flußmündungen sperren und riesige Süßwasserbecken aus ihnen machen. Alles mögliche, das mit Wales gar nichts zu tun hätte.»

«Also dann!» Lyn zupfte an dem kupferfarbenen Farnwedel und zerdrückte die brüchig gewordenen Blätter. «Wenn sie das doch irgendwann mal machen müssen, warum in aller Welt machen sie's nicht jetzt?»

«Ich nehme an, weil es sehr viel schwieriger und teurer ist als Talsperren und weil diese Salzwasser-Staubecken doch nur flach wären und alles mögliche Unkraut darin wachsen würde und man sie viel öfter reinigen müßte.»

Lyn zuckte die Schultern. «Na ja, sie werden ja doch so weitermachen und unser armes, altes Wales immer mehr überschwemmen, und es gibt nichts, was sie daran hindern könnte. Diese Sabotage-Männer verschwenden nur ihre Zeit.»

Sie stand auf und reckte sich, an den Felsen gelehnt. «Los, komm jetzt, wollen lieber runtergehen, ehe deine kleine, haarige Hündin sich entschließt, ohne uns loszuziehen.»

Bei Einbruch der Dunkelheit hatte das Gewölk sich verdichtet, und die Nacht war sehr finster. Es nieselte leicht, und offensichtlich würde es bald anfangen, richtig zu regnen.

Richard Morrison schlug mit klammen Händen seinen Mantelkragen hoch. Dann blickte er auf die Leuchtzeiger seines Zifferblattes nieder.

«Irgendwann innerhalb der nächsten zehn Minuten», sagte er sehr leise, «wird er dort reingehen, und wir werden ihm fünf Minuten Zeit lassen, sich's bequem zu machen, ehe wir was unternehmen. Achte auf das Licht und paß auf, daß du nicht den falschen Draht erwischst, Gordan, Junge, sonst sind wir umsonst hergekommen, um das mindeste zu sagen.»

Kaum war er verstummt, als in einer der Hütten, die sich am äußersten Ende des Dammbaues zusammendrängten, dort, wo der Boden steil gegen die Hügel anstieg, ein Licht anging. Keiner in der Gruppe der wartenden Männer rührte sich, bis Morrison einen Befehl gab. Dann verschwanden er und Gordan und ein dritter Mann in der Dunkelheit.

Eine Weile herrschte Stille, dann vernahm man ein sekundenkurzes, heftiges Hämmern. Das war alles. Immer noch regte sich keiner.

Bald aber hörte man jemand schreien und gegen Holz hämmern und endlich den schrillen Ton einer Pfeife. Morrison, Gordan und der dritte Mann erschienen wieder, jäh aus dem Dunkel auftauchend. Die Wartenden begrüßten sie mit Rufen der Erleichterung.

«Das Alarmgerät ist jetzt mausetot», sagte Morrison, «und der Mann ist gut und sicher eingesperrt. Also los mit unserer Arbeit. Aber denkt daran, blinder Eifer schadet nur, also kein Grund, eure Kessel kaputt zu machen und die Arbeit zu überstürzen. Wir werden alles Brennbare ringsum zu fassen bekommen!»

Die meisten Männer fingen an, sich zu zerstreuen, aber irgendeiner sagte nervös: «Was ist mit dieser verdammten Pfeife? Man wird sie bis unten in den Wohnwagen hören, das glaube ich bestimmt, bei diesem Wind in der Richtung.»

«Ausgeschlossen!» sagte Morrison zuversichtlich. «Und er wird es in der nächsten Minute sowieso aufgeben, wenn er selber die Nutzlosigkeit einsieht. Also, los jetzt, alles wird glatt gehen. Und ihr alle wißt doch, wohin ihr euch hinterher zu wenden habt?»

Ein Murmeln der Zustimmung antwortete ihm, dann waren sie alle fort. Und als der Ton der Pfeife tatsächlich verstummte, wurde die Stille nur noch durch das Geräusch eines Menschen unterbrochen, der sich wie rasend gegen eine Holztür warf.

Die Flammen leuchteten ruhig auf unter einem Geruch von Paraffin und Rauch, dann wurden sie größer und höher und begannen in dem Wind anzuschwellen und sich aufzublähen. In der Luft lag der kräftige Geruch von brennendem Holz, da die meisten Hütten an dieser Seite des Dammes Feuer fingen. Bald war die ganze Gegend von den Flammen hell erleuchtet.

Unten auf dem Pfad sammelten sich die Männer. Man hörte das Geräusch eines Motors, das langsam näher kam. Schweigend standen die Männer beisammen und starrten auf die Feuer zurück, bis der junge Gordan sich unsicher rührte und sich an Morrison wandte.

«Also bist du ganz sicher, daß es nicht bis zu ihm übergreifen kann?» fragte er. «Ich bin nämlich ein Elektriker und kein Mörder! Können wir jetzt nicht zurückgehen, den Querbalken abtrennen und dann rasch davon rennen? Wäre das nicht sicherer, als ihn droben eingesperrt seinem Schicksal zu überlassen?»

Morrison zögerte, schüttelte dann aber den Kopf. «Dazu haben wir nicht Zeit genug. Da kommt schon Jim mit dem Wagen, auf die Minute pünktlich, und von irgend jemand wird das Feuer bald entdeckt werden. Der Wachmann ist genau so sicher wie du's bist, Gordan, das weißt du doch! Seine Hütte liegt ein gutes Stück hinter den anderen, und der Wind geht in der entgegengesetzten Richtung. Also ist's absolut unmöglich, daß sie Feuer fängt. Und außerdem ist der Querbalken sowieso nicht besonders kräftig. Er wird draußen sein, ehe du bis drei zählen kannst!»

Er wandte den brennenden Hütten den Rücken, und schon hielt das Auto neben ihm. «Los jetzt! Rührt euch! Je weiter ich von diesem Ort wegkomme, umso zufriedener werde ich sein!»

Tatsächlich schwenkte der Wagen schon in die Talstraße ein, als es dem Wachmann gelang, sich zu befreien. Kurze Zeit rannte er wie rasend hin und her und starrte auf die Feuer, dann verschwand

er im Dunkel in Richtung des Wohnwagen-Park-
platzes.

Das Nieseln hatte eine Zeitlang aufgehört, jetzt
aber begann ein heftiger Regen herabzuströmen. Es
rasselte und prasselte zwischen dem trockenen
Farnkraut und verdunkelte den erleuchteten Staub
des Weges. Der Wind, der kalt von den Felsen des
Carreg-Wen herabwehte, trieb ihn schräg vor sich
her. Die Flammen jedoch, steil und grell orange-
farben, wankten überhaupt nicht.

BLEIBEN WIR NUR RUHIG HIER

Die Überbleibsel der Hütten waren durchnäßt, das verkohlte Holz von Regen aufgeweicht und verquollen. Die ganze Gegend roch nach Holzkohle und nasser Asche.

Die Männer waren entmutigt und gingen nicht mehr mit ihrer sonstigen Tatkraft daran, die Trümmer aufzuräumen und die Vorräte zu überprüfen, um festzustellen, was neu bestellt werden mußte. Mr. Fleming und mehrere andere standen in der Ruine, die einst das Ingenieurbüro gewesen war, und untersuchten den Inhalt der Aktenschränke.

«Zum Glück scheinen die ziemlich intakt geblieben zu sein», sagte Mr. Rivers, der Chef-Ingenieur, «obgleich ich sie im Moment natürlich nicht genau überprüfen kann. Haben Sie nach diesen zwei Wohnwagen geschickt, Fleming?»

«Ja, die Männer sind vor zehn Minuten weggegangen, um sie zu holen, müssen also jeden Augenblick hier sein. Und ich habe so viele Hütten bestellt, wie der Lieferant in Llanstadt auf Lager hat. Er hat die erste Lieferung für heute nachmittag versprochen.»

Mr. Rivers nickte. «Gottseidank, daß er überhaupt welche vorrätig hat. Und bestellen Sie auch mindestens noch zwei neue Aktenschränke, zusammen mit all den andern Sachen. In der Hitze hat sich das Metall dieser Schubladen verbogen, so daß sie kaum aufgehen.»

Er schaute rings über den ganzen Platz, um den Schaden abzuschätzen. «Nun also, wer die Saboteure nun auch sein mögen», sagte er erbittert, «jedenfalls machen sie ihre Sache, uns zu behindern, ausgezeichnet. Und wenn dieser Regen anhält, werden wir ein Ansteigen des Flusses erleben, das ein ebenso großes Hindernis für uns werden wird.»

Mr. Morris müßte sie sicher für verrückt halten, dachte Lyn. Auf dem Heimweg von der Kapelle kam sie die Talstraße entlang gewandert, und er hatte seinen Wagen angehalten und ihr angeboten, sie mitzunehmen. Als sie ihm erklärte, sie hätte mehr Lust, zu Fuß zu gehen, hatte er sie fassungslos angestarrt und sie auch noch beim Weiterfahren in seinem Rückspiegel beobachtet, ungewiß, was in aller Welt sie wohl vorhätte.

Der Wind jagte graue Regenschauer durch das Tal, und Lyn war ihrer Mutter jetzt dankbar, daß diese sie gezwungen hatte, Gummistiefel und einen Wettermantel anzuziehen. Andernfalls hätte selbst ihre Neugier nicht ausgereicht, um sie zu Fuß weiterzugehen zu lassen.

Sie wollte sich selber überzeugen, welchen Schaden das Feuer an der Baustelle angerichtet hatte, nachdem sie soeben vor der Kapelle äußerst sensationelle Berichte darüber gehört hatte.

Als sie das Tal überblickte, sah sie die geschwärzten Überbleibsel der Hütten auf dem Hügelhang vor den Felsen. Vermutlich würde es viel kosten, die Hütten zu ersetzen, aber sie wünschte, die Saboteure hätten irgend etwas Drastischeres gemacht, wenn sie schon daran gingen. In der Zeit, die sie brauchten, um diese Hütten zu verbrennen, hätten sie den halben Damm in die Luft sprengen können!

Während sie noch im strömenden Regen dastand und über die Hecke schaute, sah sie zwei Wohnwagen, die, von Traktoren gezogen, sich langsam den Pfad vom Parkplatz zum Damm hinaufwanden. Sie hatten gewisse Schwierigkeiten, an der Abzweigung in den Hauptpfad einzubiegen, und einer von ihnen wäre beinahe umgestürzt. In dem verhärteten Schlamm hatten sich die Furchen tief eingegraben, und jetzt hatte sich der aufgewühlte Boden durch den heftigen Regen in einen wahren Morast verwandelt.

Sie fragte sich, warum man an der Baustelle selbst Wohnwagen haben wollte und dachte, vielleicht sollten ein paar Familien ganz dort wohnen zur Abschreckung der Saboteure.

Sie ging weiter, der Regen lief ihr aus dem durchtränkten Haar übers Gesicht, prickelte auf ihren Backen und dann auch auf dem Kinn. Sie hatte keine Handschuhe bei sich, und bald wurden ihr in dem naßkalten Wind die Hände klamm. So ging sie mit gesenktem Kopf an Robert Powells Haus vorbei, im Wunsch, bald daheim zu sein.

Als er ihr von seiner Schwelle aus etwas zurief, wandte sie sich zögernd um und ging die paar Schritte zurück, um zu erfahren, was er wollte.

«Ich habe eine Masse Bohnen hier, Lyn Morgan», erklärte er, «und ich kann kaum die Hälfte von ihnen selbst verwenden. Meinst du, deine Mutter könnte sie für Pickles brauchen?»

«Sie meinen doch weiße Bohnen, nicht wahr, Mr. Powell?» Lyn wollte lieber sicher gehen. Sie konnte sich nie damit abfinden, wie einfältig der alte Mann geworden war.

«Selbstverständlich!» sagte er ärgerlich. «Was sollte ich zu dieser Jahreszeit sonst meinen? Sie sind ohnehin reichlich spät, aber ich habe sie auch spät gesät, sie können also nichts dafür.» Er wandte sich ins Innere des Hauses. «Komm herein, worauf wartest du? Ich werde dir ein paar gute aussortieren, eine Tüte voll.»

Sie stieß die Gartentür auf und ging durch seinen gepflegten Garten, von dem ihre Mutter behauptete, kein Blatt läge je am falschen Platz. Innen war das Haus ebenso ordentlich. Lyn zog die Stiefel aus, stellte sie an die Schwelle und folgte in Socken Robert Powell in die Küche.

«Ich bleibe wohl lieber auf der Matte stehen, nicht wahr?» meinte sie. «Sonst könnte ich Ihren prächtigen Fußboden betropfen.»

Sie stand da und beobachtete ihn, wie er die Bohnen sortierte, alle ausschied, die verkrümmt oder fleckig waren und die anderen ordentlich auf dem Tischtuch aufreihte. Das Häuschen war so still, daß Lyn sich fragte, wie der alte Mann hier ganz allein hausen und bei Verstand bleiben konnte. Seine Schwester, die immer bei ihm gelebt hatte, war voriges Jahr gestorben.

«Fühlen Sie sich nie einsam, so ganz allein, Mr. Powell?» fragte sie. «Hätten Sie nicht gern einen Hund oder eine Katze zur Gesellschaft oder ein Radio?»

Er schüttelte den Kopf. «Unsere Winifred wollte keine Tiere im Haus», erklärte er, «wegen des Schmutzes, den sie hereinbringen; an ein Radio hat sie aber manchmal gedacht.» Er lächelte. «Sie hat mehr von der Welt gewußt als ich, verstehst du, weil sie ein paarmal aus dem Tal herausgekommen ist, zu Besuch in Aber.»

«Sind Sie denn da nicht mit ihr gegangen?» Lyn setzte sich vorsichtig auf eine Stuhlkante neben dem kleinen Ofen.

«Ach nein, weißt du, irgendwie hab ich mich nie dazu entschließen können, es ist ein gar so weiter Weg. Ich bin hier im Tal immer ganz zufrieden gewesen.»

Plötzlich wurde die Stille des Häuschens durch das Rattern von Maschinen unterbrochen. Die Arbeiter an der Baustelle hatten die Fundamente der ausgebrannten Hütten weggeräumt, um Platz für die neuen zu schaffen, und nahmen jetzt ihre gewohnte Arbeit wieder auf.

Mit erhobener Stimme, um gegen das Hämmern und Rasseln und das Dröhnen der Maschinen anzukommen, sagte Lyn: «Ich hab gar nicht gewußt, daß Sie hier alles so deutlich hören, Mr. Powell. Geht es Ihnen nicht ein bißchen auf die Nerven? Unten im Tal hören wir es doch nicht annähernd so laut.»

Er zuckte die Achseln. «Ach, weißt du, wir haben uns dran gewöhnt. Trotzdem werde ich froh sein, wenn die fertig sind. Dann sind wir sie los, nicht wahr? Es sind ja ganz nette Leute, wenigstens die meisten von ihnen, aber sie gehören eben nicht ins Tal, nicht wahr? Es wird gut tun, wenn wir die Gegend wieder ganz für uns haben.»

Lyn saß eine Weile schweigend da, während er fortfuhr, die Bohnen zu sortieren, dann sagte sie schüchtern: «Aber Mr. Powell, wenn *die* weggehen, wird der Damm fertig sein, und dann werden wir auch gehen müssen. Also, wenn das Wasser kommt, werden wir alle miteinander gehen, die Damm-arbeiter und wir.»

Er lächelte und nickte. «Ja, ich weiß schon, das sagen alle, und wahrscheinlich glauben sie's. Aber ich lebe schon länger hier als sonst einer im Tal, Lyn Morgan, und niemand, glaub mir, kennt es so gut wie ich. Das Wasser wird nie bis hier herauf-steigen, mein Kind, es wird unten im Tal bleiben.»

Er wandte sich ab, um in dem großen Papier-beutel, der an einem Nagel an der Küchentür hing und in dem noch mehrere kleinere Beutel steckten, herumzukramen. «Der Gam ist ja nur ein kleiner Fluß. Wie könnte er so hoch steigen? Bleiben wir nur ruhig hier. Deswegen mache ich mir keine Sor-gen.»

Er schüttete die Bohnen säuberlich in den Beutel und übergab ihn Lyn.

Sie saß da und starrte ihn an. Während sie noch überlegte, ob sie es fertig bringen könnte, ihm die Wirkung des Staudamms zu erklären, fragte sie sich zugleich, was er mit ‚wir‘ meinte. ‚Bleiben wir nur ruhig hier‘. Meinte er sich selbst und seine Schwester Winifred, deren Tod er vergessen hatte, oder etwa sich selbst und sein Häuschen, das er vielleicht für lebendig hielt? Wahrscheinlich letzteres, dachte sie.

Es regnete immer noch heftig, als sie das Tal hinabging, und es war ein düsteres Bild. Die Hügel lagen in Nebel gehüllt, und Wolken trieben wie Rauch zwischen den Bäumen des hochgelegenen Waldes rechts von der Fahrstraße dahin. Es wurde Lyn elend und zugleich ärgerlich zumute. Sie wurde noch ärgerlicher, als das Bohnenpaket plötzlich in ihrer Hand zerplatzte, weil der Papierbeutel sich im Regen aufgelöst hatte. Gereizt starrte sie auf das hellgrüne Durcheinander auf der schlammigen Straße nieder und konnte sich kaum entschließen, es aufzusammeln. Unwillkürlich suchte sie in ihren Taschen nach irgendwas, in das sie das Zeug hineinstopfen könnte, und fand einen Kunststoff-Regenhut ihrer Mutter, blaßblau mit Silbersternen.

Mrs. Morgan war in der Speisekammer, als Lyn sich durch die Küchentür schob und sich vorbeugte, um die Bohnen auf den Tisch zu schütten, ehe sie ihre Gummistiefel auszog. Ständig sickerten helle

Tropfen aus dem Plastikhut auf den Fußboden, und Emrys begann eiligst, auf sie zuzukriechen, um mit ihnen zu spielen.

Seine Mutter hob ihn auf und ging mit ihm in den Armen zu dem Tisch hinüber. «Was sollen die *Bohnen* in diesem Hut, Kind?» fragte sie fassungslos. «Warum hast du nicht lieber deinen Kopf hineingesteckt statt Bohnen? Du siehst aus, als kämest du vom Schwimmen!»

«Ach, das ist mir so egal wie nur was!» Lyn hing den Hut an einen Haken über dem Ausguß, um ihn austropfen zu lassen. «So einen Plastik-Hut würde ich nie aufsetzen und wenn es mir der König selbst befehlen würde! Die Bohnen sind von Robert Powell, zum Einlegen, sagt er.»

«Ach, wirklich?» Die Mutter schüttete sie auf dem Trockengestell aus. «Nun, das sind jedenfalls die letzten Bohnen, die in seinem Garten geerntet sind, also werde ich sie wohl einlegen müssen.»

Lyn ging quer durch die Küche und stellte sich auf den Herdvorleger, so nah am Feuer wie möglich. «Ja, das habe *ich* auch gedacht, daß es die letzten Bohnen aus seinem Garten sein müßten, aber er selber scheint das gar nicht zu glauben. Was wird denn mit Robert Powells Häuschen passieren? Es wird doch überflutet werden, nicht wahr?»

Die Mutter nickte, während sie die Bohnen in eine Schüssel tat, um sie zu waschen. «So sagt man. Weit überflutet.»

«Ja, aber, was wird denn mit Robert Powell geschehen? Er glaubt wirklich, alles würde gut aus-

102

gehen. Das hat er noch mal zu mir gesagt, jetzt eben.»

«Ich weiß, daß er das denkt.» Mrs. Morgan zuckte die Achseln. «Er will die Wahrheit einfach nicht glauben, verstehst du! Er ist ja schon lange ein bißchen einfältig. Ich nehme an, er wird einfach sterben, wenn er fort muß.»

«Sterben?» fragte Lyn erstaunt. «Wieso soll er sterben? Es fehlt ihm doch gar nichts, nicht wahr?»

«Nein, nicht, soviel ich weiß. Aber man wird ihn in ein Altersheim in Pen-y-Gam bringen, verstehst du. Und dann wird er bald sterben, denn das Haus ist doch alles, wofür er lebt, das Haus und der Garten.»

«Ja, er hat gesagt: ,Bleiben wir ruhig hier'.» Lyn nickte. «,Wir' hat er gesagt. Und ich bin sicher, er meinte sich und das Haus. Beides zusammen.»

«Ja, so meint er das wohl!» Es klang merkwürdig bitter. «Und er ist nicht der einzige hier im Tal, der so denkt. Dein eigener Vater hängt viel mehr an dem Haus hier als an mir. Und schon von jeher, seit ich ihn kenne, von allem Anfang an war das so.»

Sie stand da, starrte aus dem Fenster und hatte Lyn vergessen. Und Lyn hob Emrys auf und drückte ihn zärtlich an sich. Irgendwie war ihr bang geworden, und sie brauchte Trost.

«Aber das stimmt doch gar nicht, Ma», sagte sie erschrocken. «So was darfst du nicht sagen. Du weißt doch…»

Die Stimme der Mutter schnitt ihr das Wort ab: «Ich werde froh sein, die Kehrseite davon zu sehen.

Wirklich froh! Ich werde hergehen und auf dem Hügelhang sitzen und zusehen, wie das Wasser rings um dieses Haus steigt, bis es untergeht! Der Dammbau da unten ist das Beste, was mir je hätte passieren können.»

Lyn setzte Emrys nieder. Sie vermochte kaum, ihren Ohren zu trauen. Aber es gab keinen Zweifel, daß ihre Mutter es ernst meinte. Ihre Stimme bebte vor Zorn, und sie hatte die Arme fest um die Brust gekreuzt. Jetzt wandte sie sich wieder um und bemerkte Lyns fassungslose Verblüffung. Sie versuchte zu lachen.

«Sieh nicht so verängstigt aus, Kind! Es gibt jetzt weniger Grund, sich zu ängstigen denn je. Sobald ich deinen Vater hier weg habe, an irgendeinem anderen Ort, werde ich für ihn sorgen, ich werde ihn glücklich machen. Ich selbst bin hier nie glücklich gewesen, und das hat er auch immer gewußt, wirklich. Es hat zwischen uns nicht so gut gestanden, wie es sollte, aber jetzt wird es besser werden.»

«Aber *warum* bist du nie glücklich gewesen, hier in unserem Tal? Mir bist du immer ganz glücklich vorgekommen.»

«Was? Mit all diesem Gezänk? Und all diesen Streitereien, abends, wenn du schon zu Bett warst? Ich wußte, daß du sie hören müßtest, und es hat mich bekümmert, aber was konnte ich dabei tun? Ich habe mir immer gewünscht, aus diesem Haus fortzukommen, immer, seit ich hier eingezogen bin. Gegen das Tal an sich hab ich gar nichts. Nein, wirklich nicht.»

«Aber was ist denn mit dem Haus?» Lyn war ganz verwirrt. «Ist's, weil es keine ordentliche Küche hat? Oder kein Badezimmer?»

Die Mutter schüttelte heftig den Kopf und lachte noch einmal. «Nichts dergleichen, Kind, nichts von alledem! Es ist nur, weil es *ihr* Haus ist, das Haus deiner Großmutter, und es wird immer ihres sein. Jedes Möbelstück darin hat sie gekauft, und es steht immer noch auf der Stelle, wo sie es hingestellt hat. Jeden Baum und jeden Busch im Garten hat *sie* gepflanzt, und wehe mir, wenn ich je versuchen würde, irgendwas zu ändern! Dieser Stuhl hier war *ihr* Stuhl, und er muß genau da stehen, wo sie ihn haben wollte. Und so würde es für alle Zeit bleiben, wenn die nicht gekommen wären und diesen Damm gebaut hätten.»

Einen Moment starrten sie und Lyn einander schweigend an, dann hob Mrs. Morgan Emrys auf und herzte ihn ihrerseits. «Deinem Vater wäre es nie erlaubt worden zu heiraten, wenn sie nicht gewünscht hätte, daß nach ihm sein Sohn der Schafhirt von Bryn sein sollte. Weißt du, Kind, daß sie bis zu ihrem Tode die Haushaltkasse geführt hat, so daß ich gewissermaßen nur die Dienstmagd hier im Hause war und weiter nichts!»

«Aber du müßtest doch etwas dagegen gesagt haben», protestierte Lyn. «Warum hast du ihr nicht gesagt, daß du das nicht wolltest?»

«Ich war siebzehn Jahre alt, als ich herkam, und zu schüchtern, um Buh zu sagen.» Die Mutter wandte sich ab und fing an, den Tisch zu decken.

«Erst nachdem sie gestorben war und du geboren wurdest, habe ich überhaupt angefangen, erwachsen zu werden, verstehst du? Nun, jetzt ist's vorbei und abgetan. Ich habe nie die Absicht gehabt, ein Wort darüber zu dir oder zu irgend jemand sonst zu sagen, aber als du von Robert Powell erzähltest, ist mir's herausgerutscht.»

Sie fing an, Kartoffeln zu reiben. «Aber vielleicht war es nicht einmal so ein schlechter Gedanke, es dir zu sagen, denn jetzt wirst du besser verstehen, warum ich mir so viel Sorgen um deinen Vater mache und um diese ganzen Zerstörungen am Dammbau; warum ich immer mal wieder denken muß, vielleicht könnte er es doch gewesen sein. Dieses Tal bedeutet ihm alles, das weißt du ja, und dies Haus ebensoviel oder vielleicht sogar noch mehr. Er hat seine Mutter vergöttert, tatsächlich, und alles, was sie hinterlassen hat, ist hier. Und jetzt, wo Emrys die alte Tradition fortsetzen soll, Schafhirt in Bryn zu sein, ist alles noch viel schlimmer. Ich glaube wirklich...»

Die Hintertür öffnete sich ruhig, und Mr. Morgan selbst trat ein, gefolgt von den Hunden. Seine Frau und seine Tochter standen beide da, starrten ihn an und fragten sich, wieviel er gehört haben mochte. Er jedoch sagte kein Wort, sondern setzte sich ruhig auf seinen gewohnten Stuhl, um seine Arbeitsstiefel aufzuschnüren. Schweigend begegnete er ihren Blicken.

HIRTEN ODER SABOTEURE?

Eine Woche später, am nächsten Samstagnachmittag, stand Lyn wartend im Postamt. Sie stand hier schon seit fast zehn Minuten, aber sowohl Mrs. Graves wie Mrs. Lewis waren sehr redselige Frauen, und beide erledigten hier ihre Einkäufe für die ganze Woche, folglich würde Lyn wahrscheinlich noch eine hübsche Weile zu warten haben. Hätte sie nur Kolonialwaren gebraucht, so wäre sie zum Geschäft von Ronald Jones' Vater gegangen, aber sie hatte Postsachen zu erledigen, also mußte sie ausharren.

Wenigstens war es warm im Laden. Lyn stellte sich genau mitten in den heißen Luftstrom, der aus dem Heizapparat kam, und betrachtete den Regen, der draußen an der Fensterscheibe herunterrann. Ein kalter Wind trieb ihn gegen das Glas.

Mrs. Jenkins sprach in gedämpftem Ton und tat so, als wünschte sie nicht, daß Lyn ihre Worte hörte.

«Natürlich, ich persönlich glaube immer noch, es sind Leute aus dem Tal. Für sie bedeutet's viel, versteht ihr, denn bei ihnen geht's doch um ihren Lebensunterhalt, den sie verlieren. Und warum sollte irgendwer sonst sich über den Damm aufregen? Wir hier oben sind doch zu weit weg von dem Talweg.»

«Aber seht ihr, es handelt sich um eine Prinzipienfrage.» Mrs. Graves und Mrs. Jenkins machten sich ein Vergnügen daraus, höhere Argumente in das Gespräch zu bringen. «Diese Kämpfer für das ,Freie Wales' reden doch immer von Prinzipien. Ich bin sicher, daß die es sind, weil es doch beidemale an einem Samstag war, und es würde mich gar nicht überraschen, morgen zu hören, daß sie heute nacht wieder da gewesen sind, grade weil das niemand von ihnen erwarten würde, nochmal am Samstag zu kommen, nicht wahr?»

«Warum sollten die es sein, nur weil es zweimal ein Samstag war?» Mrs. Jenkins suchte sehr langsam die Waren für ihre Kundinnen zusammen.

«Weil sie von weit her kommen, ist doch klar, nicht? Sie kommen von Cardiff und Swansea und solchen Gegenden hier rauf, und das kostet sie leicht einen halben Tag. Also ist Samstag der einzige Tag, an dem sie Zeit dafür haben. An einem Sonntag werden sie doch nicht gerade Dämme in die Luft sprengen, nicht wahr?»

Lyn lächelte im Stillen. Offensichtlich setzte Mrs. Graves viel Vertrauen in die Prinzipien von Saboteuren.

Mrs. Lewis lachte. «Na, wenn sie heute nacht wiederkämen, hätten sie einen schönen Empfang zu erwarten, nicht wahr? Vier Hunde, glaub' ich, hält die Polizei da oben bereit.»

108

«Zwei, soviel ich weiß.» Mrs. Jenkins senkte die Stimme noch mehr und schielte zu Lyn hinüber, die ihrerseits freundlich lächelte, weil sie wußte, das würde Mrs. Jenkins am meisten ärgern. «Ja, wenn's wirklich eure Freiheitskämpfer sind, dann werden sie bestimmt rasch erledigt sein, rascher als sie sich's haben träumen lassen. Wenn es aber Männer hier aus dem Tal sind — *ihr* wißt, wen ich meine — dann bin ich nicht so sicher. Die verstehen sich auf Hunde, nicht wahr, alle beide. Diese Polizeihunde würden sie vielleicht sogar freundlich begrüßen und dann plötzlich ihre eigenen Trainer angreifen. Das würde mich gar nicht überraschen. Bei Hunden kann man nie sicher sein, nicht, wenn sich's um gewisse Leute handelt!»

Lyn war an diese anzüglichen Reden schon gewöhnt, denn in letzter Zeit war dergleichen im Dorf schon reichlich zu hören gewesen. So wandte sie ihre Aufmerksamkeit davon ab und betrachtete stattdessen den Regen, der von dem böigen Wind schräg gegen das Fenster getrieben wurde. Unwillkürlich aber dachte sie an Myf und Mabli. Gewiß verstand ihr Vater sich besonders gut mit ihnen. Zwischen ihm und Mabli hatte von jeher eine Art Telepathie bestanden, und jetzt zeigte sich dasselbe auch schon bei Myf. Aber alle Schäfer waren immer mit ihren Hunden sehr eng verbunden, anders ging es gar nicht. Das bedeutete gar nichts, wenn es sich um fremde Hunde handelte.

Sie mußte an einen Film denken, bei dem deutsche Polizeihunde bei der Arbeit gezeigt wurden, und sie stellte sich vor, wie grauenhaft es sein müßte, von einem solchen angegriffen zu werden. Dabei fing sie unwillkürlich an, sich um ihren Vater und Thomas Owen Sorgen zu machen, und gleich darauf war sie wütend auf sich selbst, weil sie sich einen Moment vorgestellt hatte, sie *könnten* es vielleicht doch gewesen sein. Das war selbstverständlich unmöglich! Nicht einmal im Traum würde es ihrem Vater einfallen, einen alten Mann über den Kopf zu hauen. Nein, um nichts in der Welt!

Zu Hause saßen die Eltern schon schweigend am Teetisch. Die Mutter stand auf, um für Lyn ein Ei zu kochen, ohne ihr wegen ihrer verspäteten Heimkehr Vorwürfe zu machen — was ganz ungewöhnlich war.

Lyn fühlte sich wieder von der bedrückenden Atmosphäre dieser ganzen Woche erfaßt und verschloß sich dagegen. Es war die schrecklichste Woche, an die sie sich erinnern konnte. Die Eltern stritten nicht eigentlich, aber vermieden einfach jeden Kontakt miteinander, bis das Schweigen zwischen ihnen nahezu unerträglich wurde. Vor diesem Schweigen im Hause hatte Lyn Angst.

Auch Emrys fühlte es irgendwie. Er war ängstlich und reizbar geworden und klammerte sich an seine Mutter wie auch an Lyn in einer Weise, wie er es seit Monaten nicht mehr getan hatte. Im Vorbeigehen gab Lyn ihm einen Kuß auf sein Köpfchen und fing dann an, so fröhlich sie konnte kleine lustige Einzelheiten aus dem Dorf zu erzählen, alles, was ihr nur einfiel, um das Schweigen zu brechen. Da aber brach die Mutter es plötzlich auch.

«Ich bin heute in Bryn gewesen», sagte sie laut und starrte dabei über den Tisch hinweg ihren Mann an, «und ich bin hingegangen, um ein Wort mit Mr. Morris zu reden.»

Mr. Morgan sagte nichts, ließ auch nicht erkennen, daß er ihre Worte gehört hatte.

Lyn rutschte unruhig auf ihrem Stuhl hin und her. Sie begriff, daß ihre Mutter erregt war, ja schon beinahe hysterisch und entschlossen, ihren Mann zu einer Antwort zu zwingen.

«Ich bin hingegangen, um ihn zu fragen, ob seines Wissens irgendwelche Schafe sich verlaufen hätten oder krank wären», fuhr sie fort, «irgend was, das dir und Thomas Owen Grund gäbe, mitten in der Nacht gemeinsam fortzugehen, wie ihr es nach deiner eigenen Aussage getan habt.»

Immer noch schwieg Mr. Morgan. Darum sagte Lyn rasch: «Und was hat er geantwortet? Ja, massenhaft, wahrscheinlich! Also kannst du jetzt die ganze Sache vergessen und aufhören, dir Sorgen zu machen. Darf ich eine zweite Tasse Tee haben?»

Die Mutter beachtete sie nicht.

«Mr. Morris sagte», fuhr sie fort, «seines Wissens ginge kein Schaf ab und sei auch keines krank. Aber Schafhüten ginge ihn ja nicht unmittelbar an, so daß er mir nichts Sicheres darüber berichten könnte.» Sie beugte sich über den Tisch und redete sanft auf ihren Mann ein: «Willst du es mir jetzt nicht sagen? Wart ihr, du und Thomas Owen, vielleicht aus, um ein bißchen zu wildern? Wenn es nichts mit der Schäferei zu tun hatte, was war es denn?»

Eine Weile sagte Mr. Morgan gar nichts und rührte sich auch nicht. Plötzlich aber schien er seine Selbstbeherrschung zu verlieren. Er schlug mit der Faust so heftig auf den Tisch, daß die Teetasse umkippte und das Tischtuch mit Tee überschwemmte. Er beugte sich über den Tisch und starrte seine Frau zornig an.

«Diesmal bist du zu weit gegangen!» schrie er. «Ja, du bist zu weit gegangen! Was Mr. Morris über meine Angelegenheiten denkt oder weiß, geht dich nichts an! Dein Platz ist hier, in diesem Haus, und denke in Zukunft gefälligst daran. Ich dulde es nicht, daß du dich in meine Dinge mischst und einen alten Mann mit deinen Fragen belästigst. Wenn *du* mir nicht traust, daß ich tue, was richtig und anständig und ehrlich ist, dann kann es keiner und wird es auch keiner tun!» Krachend schlug er die Tür hinter sich zu.

Lyn saß regungslos. Emrys warf sich in seinem Stühlchen hin und her und schluchzte laut vor Angst und Kummer. Sogar als seine Mutter ihn nahm und wiegte und herzte, ließ er sich nicht beruhigen.

Ein schmaler Mond stand am Himmel und vereinzelte Sterne. Lyn hatte geträumt und war verschreckt aufgewacht, konnte sich aber nicht erinnern, was sie erschreckt hatte. Im allgemeinen pflegte sie fast gar nicht zu träumen.

Sie lag still und gerade ausgestreckt im Bett, mit all ihren Gedanken beim Tal. Fast wünschte sie, alles wäre vorüber und abgetan. Sie wünschte, der Damm wäre fertig und sie alle fortgezogen.

Wenn das Tal überflutet werden *mußte,* dann je eher, um so besser. Dieses ständige Warten und diese Ungewißheit ging allen auf die Nerven, und das Land ringsum wurde immer mehr vernachlässigt. Es hatte doch keinen Sinn, Hecken zu beschneiden, die nächstes Frühjahr unter Wasser stehen, Gräben zu räumen, die bald auf dem Grund eines Sees sein würden. So wurde also die Herbstarbeit nicht getan, und die Wiesen wirkten verwahrlost.

Lyn fühlte sich jetzt gar nicht mehr schläfrig und überlegte, ob sie sich nicht lieber aufsetzen und lesen sollte. Sie wälzte sich herum und griff nach dem Tischchen neben dem Bett, um von dem leuchtenden Zifferblatt ihrer Armbanduhr die Zeit abzulesen. Aber noch ehe sie dazukam, hörte sie draußen ein Geräusch.

Es war, als ob die Haustür geschlossen würde, sehr leise. Dann verklangen Schritte eines einzelnen Menschen, der den Gartenweg entlang ging, dann nichts mehr.

Sie handelte instinktiv. Noch fast ehe ihr Tun ihr selber klar wurde, hatte sie schon Hosen und Anorak über ihren Pyjama gestreift und das Fenster weit aufgestoßen. Ihre Mutter bestand immer darauf, daß sie bei offenem Fenster schliefe, und jetzt war sie froh darum, denn sonst hätte sie die Geräusche aus dem Garten nicht gehört.

Sie sprang. Ihre nackten Füße machten kein Geräusch auf dem kurzen Gras des Hanges, der dicht hinter dem Haus so steil anstieg, daß er nur ein kurzes Stück von dem Fensterbrett des kleinen rückwärtigen Schlafzimmers entfernt war. Kein anderes Schlafzimmer hatte Fenster nach hinten heraus, und so hatte Lyn diesen privaten Ausgang schon oft benutzt.

Hastig zog sie ihre Schuhe an, wobei sie sich fest an das nasse Gras des Hanges lehnte, um nicht abzurutschen. Es war nicht so dunkel, wie sie erwartet hatte. Es mußte kurz vor der Morgendämmerung sein.

Über den höchsten Punkt des Hügelkammes glitt sie rasch hinüber, denn sollte jemand nach dort zurückschauen, würde sich ihre Gestalt für ihn deutlich vom Horizont abheben. Dann kauerte sie sich auf die Fersen und spähte den Pfad hinunter, der zum Damm führte.

Ja, da *war* jemand! Ein Mann von der Größe und Gestalt ihres Vaters war eben noch sichtbar, aber sie hätte nicht mit Gewißheit sagen können, ob er es tatsächlich war. Sie wußte nicht einmal, ob sie Gewißheit wünschte. Was könnte sie tun, wenn sie ihm folgte und tatsächlich feststellte, daß er Zerstörungsarbeiten am Damm beging? Wenn sie ihn und Thomas Owen mit Sprengstoff in den

Händen sähe? Besser, nichts zu wissen, als dies zu wissen!

Ein Hahn begann zu krähen, weit hinten im Hof. Lyn hockte dort in der Dämmerung und kaute vor Ungewißheit an den Nägeln. Sicher war der Mann nicht ihr Vater! Er konnte es einfach nicht sein! Denn was sollte werden, wenn der alte Nachtwächter starb, wie er es wahrscheinlich tun würde? Dann wäre ihr Vater ein Mörder! Ein Schwerverbrecher!

Während sie hinter dem Mann herstarrte, der jetzt nur noch ein wandelnder Schatten weit unten am Weg war, nahm sie plötzlich eine zuckende Bewegung an jeder Seite von ihm wahr, etwas Dunkles und Rasches. Zwei Hunde. Myf und Mabli! Kein Zweifel, daß sie es waren.

Hunde! Mit jähem Schreck mußte sie an die Polizeihunde denken. Da sie den Damm nicht ins Gespräch bringen wollte, hatte sie gestern beim Tee nichts von ihnen gesagt. Ihr Vater ahnte also nicht, daß Hunde ihn dort erwarteten. Er ging ja nie ins Dorf hinauf, und so hatte er sicher nichts von den Gerüchten gehört. *Wenn* er aber zum Damm ging...

Lyn sprang auf die Füße und rannte, wobei sie auf dem nassen Gras ausrutschte, bis sie den steinigen Pfad erreichte.

Sie war schon fast in Rufweite ihres Vaters und setzte bereits zum Schreien an. Doch jäh hielt sie inne und kauerte sich nieder. Ihr Vater — denn jetzt hatte sie ihn mit Sicherheit erkannt — war vom Tal abgebogen und stieg zielstrebig einen schmalen Pfad zwischen Stechginsterbüschen zum

Moor hinauf, Myf und Mabli dicht an seinen Fersen.

Es war bitterkalt, und plötzlich erschauerte Lyn. Sie fühlte die nassen Wegsteine, die in ihre Knie schnitten und die nasse Erde unter ihren Händen.

Ihr Vater entschwand ihrer Sicht über einen Hügelkamm. Langsam stand sie auf und wandte sich, um den Weg zurückzugehen, den sie gekommen war. Aber sie fühlte die seltsame Leere der Entspannung und fragte sich, ob sie ihm nicht doch weiter folgen sollte.

Da stand plötzlich wie aus der Erde geschossen ein großer, breiter Mann hinter ihr.

Es schien Lyn eine Ewigkeit zu vergehen, ohne daß einer von ihnen sich rührte. Der Mann stand mit dem Rücken zur Morgendämmerung, so daß sie sein Gesicht nicht sehen konnte. Aber er erschien ihr so riesig, daß sie sich fragte, ob er wirklich ein Mensch sei. Er kam ihr fast wie ein Ungeheuer vor, und während sie ihn anstarrte, schien er noch zu wachsen. Sie wollte nach ihrem Vater rufen, nach Myf und Mabli schreien, fortlaufen, aber sie stand wie gebannt, still und stumm vor Schreck.

Da kam hinter dem Mann ein Hund hervor und leckte ihre Hand. Es war der alte Johnny, Thomas Owens Hund. Und der Riese sprach mit Thomas Owens Stimme und schrumpfte zu Thomas Owens Größe zusammen.

«Was tust du denn hier, Mädchen, in der Morgenfrühe?» fragte er. Es klang belustigt. «Suchst wohl nach Dammknackern, was?»

Lyn erschauerte vor Erleichterung, aber auch von der scharfen Kälte und wußte nicht, was sie antworten sollte. «Ja», sagte sie endlich, «ich dachte, sie würden's vielleicht nochmal machen, weil doch heute Samstag ist.» Alles war besser, als daß er begriffe, sie habe ihren Vater verfolgt.

Er nickte, und als er sich halb umwandte, sah sie, daß er lächelte. «Du hast wohl nicht zufällig deinen Vater gesehen, was? Ich weiß nicht, ob er mir schon vorausgegangen ist.»

Johnny schmiegte sich an Lyns Beine, und sie beugte sich nieder, um ihn zu streicheln.

«Oh ja», sagte sie wie beiläufig, «ich habe ihn gesehen. Er ist den Weg da gegangen, zum Moor hinauf. Und es ist noch gar nicht lange her, also werden Sie ihn bald einholen.»

Thomas Owen schnalzte mit dem Finger, und Johnny kam bei Fuß. «Da muß ich ihm rasch nachgehen. Auf Wiedersehen also.»

Lyn zauderte, dann rief sie ihm ängstlich nach: «Sie werden ihm nichts davon sagen, nicht wahr, Mr. Owen? Daß ich hier draußen gewesen bin? Ich dürfte es eigentlich nicht.»

Er wandte sich zurück und lächelte noch einmal. «Nein, ich werde nicht klatschen, Mädchen. Leb wohl denn. Geh jetzt nur nach Hause.»

Lyn wandte sich um, während er ihr nachschaute, und ging den Pfad zurück.

Mr. Morgan aber, der auf der Hügelkuppe auf Thomas Owen wartete, erblickte sie auch. Er wußte, warum sie ihm nachgegangen war und runzelte die Stirn.

DER FLUSS STEIGT

Lyn und ihre Mutter vermieden es, irgendwelche Bemerkungen zu machen. Um ein Uhr hatte der Rundfunk die Nachricht gebracht, daß ein Teil der Rohrleitung unterhalb des Dammes zur Stauung des Vyrnwy-Sees gesprengt worden war. Man schätzte den Schaden auf mehrere tausend Pfund, aber kein Mensch war verletzt worden, und die Saboteure hatten keine Spur hinterlassen, die zur Feststellung ihrer Identität hätte führen können.

Lyn, die gerade Kartoffeln rieb, hatte einen Augenblick lang die phantastische Vorstellung, ihr Vater und Thomas Owen könnten vielleicht von einem Hubschauber abgeholt und zum Vyrnwy-See transportiert worden sein. Jedenfalls wäre es die einzige Möglichkeit gewesen, diese Entfernung in so kurzer Zeit zurückzulegen.

Mrs. Morgan, die Bratensauce machte, war in trüber Stimmung. Aller Mut, der sie noch gestern zu ihrem Vorstoß getrieben hatte, war ihr vergangen. Sie war am Morgen sehr früh aufgewacht, hatte ihren Mann nicht mehr im Hause gefunden und sich gefragt, wie lange er schon fort sein mochte. Lange genug, um nach Vyrnwy hinübertransportiert zu werden?

Sie stellte die Teller warm und sah nach der Uhr. «Nun, dein Vater müßte schon hier sein, falls er überhaupt kommt», meinte sie. «Wir fangen besser ohne ihn an, scheint mir. Bitte setze Emrys in sein Stühlchen, Lyn. Ein reines Lätzchen hängt über der Lehne.»

Sie richtete das Essen für ihren Mann an, bedeckte es mit einem Teller und schob es ins Rohr, wobei sie wie beiläufig sagte: «Ich hoffe, er wird hier sein, ehe es zu trocken wird. Wie lange, meinst du, wird er schon fort sein? Hast du ihn weggehen gehört?»

Lyn wußte, daß ihre Mutter sich mehr Sorgen um gesprengte Dämme machte, als um vertrocknetes Essen, und sagte darum ohne Zaudern: «Ja, ich habe ihn zufällig gehört. Ich weiß nicht genau, wieviel Uhr es war, weil ich nicht nachgeschaut habe, aber es war gerade bei Tagesanbruch, also gar nicht so besonders früh.»

Die Mutter nickte, sichtlich erleichtert. Dennoch verzehrten sie ihr Mittagessen schweigend, und Lyn war froh, daß sie danach sagen konnte, sie ginge aus. Sie war mit Rachel auf der Talstraße verabredet, um gemeinsam mit ihr einen Spaziergang in den Wäldern jenseits davon zu machen. Es regnete zwar, aber sie war trotzdem entschlossen zu gehen.

Als sie auf dem Weg hinunter beim Haus der Owens vorbeiging, kam Peter gerade mit einem Kohleneimer aus der Hintertür.

Er winkte ihr wichtigtuerisch zu, sie möge an-

120

halten. So verließ sie also die Straße und traf sich mit ihm an der Gartenpforte.

«Hast du die Nachrichten über den Vyrnwy-See gehört?» fragte er. «Ein großes, breites Loch in der Rohrleitung! Und kein Mensch weiß, wer es gewesen sein könnte! Man bringt's mit den Bränden und mit was nicht allem hier im Tal zusammen, weil das auch beides an einem Samstag war, und es heißt, es könnten dieselben Leute gewesen sein, *und*», er nickte geheimnisvoll, «mein Vater war die ganze Nacht fort, glauben wir, und ich wette, deiner war's auch. Was sagst du dazu?»

«Nun», sagte Lyn ruhig, «das mußt du dir zweimal überlegen, denn sie waren nicht fort.»

Peter war ärgerlich über ihre Reaktion auf seine Geschichte. «Ach, wirklich, Fräulein Alles-Wisser Morgan? Du hast wohl die ganze Nacht draußen im Garten gesessen, um sicher zu sein, daß dein Papa nicht ausging! Also, unserer *war* jedenfalls fort. Er ging lange, ehe es hell wurde. Wo also denkst du, steckt er?»

«Droben auf dem Moor, da ist er. Ziemlich weit weg vom Vyrnwy-See.» Lyn schaute auf ihre Uhr und begann, rückwärts zu gehen. «Ich selbst bin früh ausgegangen, weil ich sehen wollte, ob wirklich diese Polizeihunde auf dem Damm Wache halten, und da habe ich meinen Vater zum Moor hinaufgehen sehen, und dann kam deiner hinter ihm her. Und es war auch nicht lange, ehe es hell wurde, sondern eine ganze Weile danach!»

Aller Wind war Peter aus den Segeln genommen. Enttäuscht stand er da.

Lyn wandte sich um und begann zu laufen. «Ich muß gehen», rief sie zurück, «weil ich schon spät dran bin. Auf Wiedersehen morgen im Bus.»

Rachel saß beim strömenden Regen unter einer Holunderhecke am Wegrand. Bei sich dachte sie, dieses Tal sei genau der richtige Ort für einen Damm, weil es anscheinend nie aufhörte zu regnen. Die Spinnenfäden in den Hecken waren immer ganz silbrig von der Nässe, der Schlamm rings um die Wohnwagen trocknete überhaupt nicht mehr. Die ganze Woche lang hatte ihre Mutter versucht, die Wäsche zu trocknen, und sie sagte schon, wenn sie noch einen Winter über hierbleiben müßte, würde sie verrückt.

Trotzdem war es eigentlich ganz nett, hier behaglich unter der dichten Hecke zu sitzen und den Regen auf die nasse Straße aufklatschen zu sehen.

Dann tauchte Lyn auf, bewaffnet mit dem drittbesten Regenschirm ihrer Mutter. Fast wäre sie an Rachel vorbeigegangen, ehe sie diese erblickte. Sie kroch mit unter die Hecke, setzte sich hin und wirbelte den aufgespannten Schirm vor ihren Knien herum, damit das Wasser herausspritzte.

«Herrliches Wetter für Enten!» sagte sie. «Aber weißt du, unter den Bäumen wird's gräßlich tröpfeln. Sollen wir nicht lieber auf der Straße bleiben, was meinst du? Ist doch eigentlich ein bißchen blöd, heute in den Wald zu gehen, wenn wir nicht müssen, nicht wahr?»

Rachel nickte. «Es wäre verschwendete Zeit, wirklich. Das können wir uns für einen schöneren Tag aufsparen. Wenn wir also jetzt zurückgehen in Richtung Parkplatz, könntest du mit uns im Wohnwagen Tee trinken und könntest dir vorher auch noch die Bauerei am Damm ansehen, wenn du magst. Mußt du erst nach Hause zurückgehen und deine Mutter fragen?»

«Um Himmelswillen!» Lyn war entrüstet bei dem Gedanken. «Sie erwartet mich nicht zurück, ehe sie mich sieht. Es wäre riesig nett. Und ich würde auch gern mal den Damm richtig ansehen, denn ich bin noch nie näher dran gewesen als bis zur Straße, und ich möchte auch die Wachhunde sehen, wenn da wirklich welche sind.»

Es waren keine da, und Lyn war enttäuscht. Aber sie war sehr beeindruckt von der übrigen Arbeit in vollem Betrieb, besonders davon, daß sie auch am Sonntag weiterging.

«Wann haben sie denn ihren freien Tag?» fragte sie Rachel. Sie fühlte sich verlegen, als sie ohne weiteres zwischen den Männern umhergingen, von denen mehrere ihnen freundlich zuriefen.

Rachel zuckte die Achseln. «Ich glaube nicht, daß viele danach fragen. Sie machen so viele Überstunden wie möglich, verstehst du, besonders jetzt, wo der Fluß steigt. Wenn der Behelfsdamm nicht beschädigt worden wäre, dann wären sie jetzt schon viel weiter, aber unter diesen Umständen ist's ein bißchen ein Wettlauf mit der Zeit. Das sagt jedenfalls Papa.»

«Warum ist denn der Behelfsdamm so wichtig?» fragte Lyn. «Was ist das überhaupt?»

«Hier ist er.» Rachel ging hinüber, um über den Rand des Hauptdamms hinweg zu sehen. «Siehst du, es ist nur ein kleiner Damm, der das Wasser von dem Teil des Hauptdammes ableitet, an dem sie gerade arbeiten. Und dieses Mittelstück, an dem sie jetzt schaffen, ist äußerst wichtig. Wenn das fertig ist, brauchen sie nur noch alles ein bißchen einzuebnen und aufzuräumen, und dann ist's geschafft. Wenn diese Zerstörer den Behelfsdamm nicht kaputt gemacht hätten, wären sie jetzt schon beinahe fertig.»

«Haben sie ihn denn ganz zerstört?» fragte Lyn. «Dadurch, daß sie die Zementblöcke drauf geworfen haben und auch durch die Planierraupe?»

«Sie haben einen Teil davon zerstört, da drüben», Rachel zeigte in die Richtung, «und das Stück mußte erneuert werden, aber das Ganze haben sie nicht wieder aufgebaut. Papa macht sich Sorgen deswegen, wirklich. Er sagt, er hält es nicht für ganz sicher, nicht in dem jetzigen Zustand. Er meinte, man solle es ganz niederreißen und von Grund auf neu aufbauen. Aber schließlich ist er ja nur der Bau-Vorarbeiter, und die Ingenieure haben anders entschieden. Sie sagten, dafür wäre einfach nicht Zeit genug.»

Lyn schaute auf den Behelfsdamm tief unter ihnen hinab, wo die Männer innerhalb seiner schüt-

124

zenden Mauer eifrig arbeiteten, während in ihrem Rücken der Fluß schäumte. Der Gam stieg rasch auf seinen üblichen winterlichen Spiegel an, und wenn es so weiter regnete, würde er bald noch höher stehen.

«Werden sie also vor Weihnachten das Tal gar nicht mehr überfluten können?» Mit dieser Frage wandte sie sich wieder Rachel zu. «So stand es kürzlich einmal in der Zeitung.»

Merkwürdig, wie wenig wichtig es ihr plötzlich war, längst nicht mehr so wichtig wie früher. Noch vor einem Monat hätte sie um jede Art von Aufschub beten mögen, um irgend ein Geschehnis, das ihnen noch ein Weihnachten in ihrem Häuschen schenken würde, vielleicht sogar noch einen weiteren Frühling. Jetzt aber wurde ihr klar, wenn das Tal schon in den Fluten versinken mußte, dann je eher, um so besser.

«Oh doch, das meinen sie schon. Nur weil der Fluß jetzt so viel höher steht, ist alles viel schwieriger geworden. Man hatte ja gehofft, dies Mittelstück noch bei niedrigem Wasserstand fertig zu haben, verstehst du?»

Sie gingen den Weg zurück, den sie gekommen waren und bogen dann auf den Seitenpfad zu den Wohnwagen ab.

Lyn war überrascht, wie viele es waren und wie jeder Mensch, dem sie begegneten, freundlich winkte und Rachel begrüßte.

«Du scheinst sie alle zu kennen», sagte sie. «Es ist wirklich fast wie in einem Dorf, nicht wahr?

Aber ehe ihr hierherkamt, habt ihr einander gar nicht gekannt, oder doch?»

«Oh nein! Es sind nur ganz wenige Familien, die wir früher schon an anderen Bauplätzen getroffen haben. Aber man lernt einander rasch kennen. Sie sind alle sehr freundlich.»

Ja, Mrs. Fleming war es auch, fand Lyn. Sie war noch keine fünf Minuten im Wagen, da fühlte sie sich fast ganz zu Hause und aufrichtig willkommen geheißen. Kaum hatte sie sich hingesetzt, da sprang Aggie ihr auf den Schoß und schmiegte den Kopf mit einem befriedigten Seufzer in Lyns Arm.

«Aggie! Du bist einfach ein haariges Ungeheuer!» Rachel deckte den Tisch, während ihre Mutter Biskuits mit Marmelade bestrich. «Schmeiß sie einfach runter, Lyn, wenn du dich nicht mit ihr plagen willst. Das erlaubt sie sich nur bei Gästen.»

«Oh nein!» Lyn streichelte die schwarzen Ohren des Hündchens und fühlte das dicke Fell rauh in ihrer Hand. «Es ist eine nette Abwechslung, mit einem Hund herumzuspielen. Papa mag nicht, daß ich Myf und Mabli anfasse, denn die sind ja richtige Arbeitshunde, verstehst du?»

«Ist er streng mit ihnen?» fragte Mrs. Fleming.

Lyn nickte. «Streng mit allen, wirklich, das ist er. Mit Myf und Mabli, mit Mama und Emrys *und* mit mir!» Sie hatte es scherzhaft gemeint, aber irgendwie klang es ein bißchen bitter, und Mrs. Fleming wechselte rasch das Thema.

Als Mr. Fleming kam, war Lyn auf der Stelle begeistert von ihm. Er war so groß und blond, so anders als ihr eigener Vater, und er sah aus, als wäre er immer heiter.

Er stellte eine ganze Reihe von Fragen über das Tal, über die Geschichte von Bryn und die Rolle, die die Morgans hier immer gespielt hatten, und ihre Antworten schienen ihn wirklich zu interessieren. Sie hatten nach ihren Begriffen eine geradezu fabelhafte Mahlzeit mit Spiegeleiern und Salat, eingemachten Früchten und richtigem Rahm und dreierlei Arten von Gebäck. Mr. Fleming erzählte komische Geschichten aus der Zeit, als er Staudämme in Kanada gebaut hatte, noch ehe Rachel geboren war, und Rachel und ihre Mutter erinnerten ihn an Episoden, die er vergessen hatte.

Seit Ewigkeiten hatte Lyn sich nicht mehr so glücklich gefühlt, plötzlich aber wurde ihr beinahe trostlos zumute. Es war alles so ganz anders als bei ihr daheim. Die letzte Woche war schrecklich gewesen, sie bekam Angst, wenn sie daran dachte. Der Gegensatz zwischen dieser fröhlichen Teestunde und dem lastenden Schweigen, an das sie gewöhnt war, überwältigte sie so, daß sie plötzlich den Tränen nahe war.

Mrs. Fleming sah es und sagte mitfühlend, sie hätte von dem Gerede im ganzen Dorf gehört, das Lyns Vater der Sabotage verdächtigte, und sie hoffte nur, daß Lyn sich nichts daraus machte. «Es kommt mir merkwürdig vor», sagte sie lächelnd, «daß das ganze Dorf *gegen* die Saboteure ist. Man würde doch eher denken, der Lokalpatriotismus

müßte so stark sein, daß sie als Helden gefeiert
würden.»

«Ja, anfangs waren alle gegen den Damm», erklärte Lyn, «und ein paar sind's auch heute noch.
Aber jetzt sind sie tatsächlich mehr tal-feindlich.
Ein bißchen sind sie's allerdings immer gewesen,
weil die Leute, die im Tal zu Hause sind, immer
zusammen gehalten haben. Früher hatten wir sogar
unsere eigene Kapelle, oben bei den Steinbrüchen.
Aber dann sind viele Familien weggezogen, da
konnten wir sie nicht halten.»

«Ach ja, Lokalpatriotismus ist was Sonderba-
res», sagte Mr. Fleming, «besonders in wirklich
ländlichen Gegenden. Unsere Leute haben natürlich all das Gerede über deinen Vater gehört, Lyn,
schon allein im ,Roten Drachen', und sonst noch
allerlei über ihn, zum Beispiel, wie er stundenlang
oben auf den Klippen steht...!» Er lachte. «Das
macht ihn für sie am allermeisten verdächtig, weil
sie sich einbilden, daß er sie beobachtet!»

Lyn errötete und sagte empört: «Aber er ist doch
Schäfer! Der größte Teil seiner Herde weidet da
oben auf dem Moorland, und er hat schon stundenlang auf den Klippen des Carreg-Wen gestanden,
ehe überhaupt jemand an einen Damm gedacht
hat!»

Mrs. Fleming ärgerte sich, weil sie fand, ihr
Mann sei taktlos gewesen. *Sie* wußte, daß er Spaß
machte, aber von Lyn konnte man das nicht erwarten.

«Er hat das alles nicht ernst gemeint, weißt du»,

sagte sie entschuldigend und ergriff ihres Mannes Tasse. «Er ist immer noch solch ein Bübchen, Lyn, ständig muß er Witze machen. Ich fürchte nur, eines Tages wird es ihn in Schwierigkeiten bringen.»

«Aber nein, selbstverständlich habe ich's nicht ernst gemeint, Mädel», sagte Mr. Fleming rasch, um Lyn wieder zu beruhigen. «Ich würde doch nicht so roh sein, dir das ins Gesicht zu sagen, wenn die Männer es wirklich glaubten. Nein, es ist nur einer ihrer ständigen Witze, weil sie ihren Spaß dran haben, sich über die Dorfbewohner lustig zu machen. Was sie wirklich glauben, und was ich selbst übrigens auch glaube, ist ganz was anderes, nämlich daß beide Male organisierte Außenseiter am Werk waren, als Protest, wie auch das Loch in der Vyrnwy-Rohrleitung als Protest gemeint ist, wahrscheinlich von denselben Leuten begangen, das sollte mich nicht wundern.»

Lyn nickte, ziemlich verlegen, und in der Stille trommelte der Regen auf dem Dach.

«Huh!» Rachel erschauerte. «Ich hasse es, bei Regen im Wohnwagen zu hausen. Ich fühle mich dann ganz zusammengeschrumpft, wie ,Alice im Wunderland', so als hätte jemand mich in eine Blechbüchse gesteckt und den Deckel draufgesetzt. Du hast's gut, Lyn, in einem richtigen Haus zu wohnen. Im Wohnwagen kann der Regen einen wirklich verrückt machen!»

Lyn lächelte, aber Mr. Fleming seufzte. «Regen! Und so ein schrecklicher Dauerregen! Das gefällt mir gar nicht. Wenn es so weiter geht, wird der Fluß innerhalb von Tagen zu viel Wasser führen. Er wird uns einfach aus dem Geleise werfen, denk an meine Worte!»

DER DAMM IST GEBROCHEN!

Das Unglück, das Mr. Fleming so sehr gefürchtet hatte, ereignete sich am Montagnachmittag.

Am Montag früh hatte Lyn eine Zeitlang auf der Strombrücke gestanden, als sie talabwärts ging, um mit Peter zusammen auf den Schulbus zu warten, und selbst da war der Wasserstand schon hoch gewesen. Es hatte ja auch die ganze Nacht lang heftig geregnet, und dazu kam all das Wasser, das von den Hügeln herabströmte, und so wußte sie, daß der Gam noch vor Abend Hochwasser führen würde.

Peter war hocherfreut darüber und verkündete laut im Schulbus, nun würde die ganze Arbeit am Damm ein schmähliches Ende finden. Seine Behauptungen lösten sofort Widerspruch, Zustimmung und entsprechenden Streit aus. Noch vor kurzem hätte Lyn sich mit Begeisterung daran beteiligt. Stattdessen saß sie still neben Rachel, bedrückt von dem Bewußtsein, daß ihre Parteinahme jetzt gespalten war.

Rachel war sehr besorgt und erzählte Lyn, ihr Vater hätte je einen Mann zur Wache auf beiden Seiten des Behelfsdamms aufgestellt, um irgendwelche Risse so rasch wie möglich zu melden. «Und er sagt, es ist gar nicht mehr viel Spielraum», fuhr sie fort, «so daß sie auch auf ein mögliches Überfluten achtgeben müssen.»

«Willst du damit sagen, daß das Wasser schon fast bis zur Spitze reicht?» fragte Lyn. «Das hätte ich nicht gedacht, wenigstens noch nicht, denn gestern schien noch ein ganz schönes Stück Mauer frei zu sein.»

«Nein, freilich», gab Rachel zu, «es reicht noch nicht *fast* bis zur Spitze, aber es strömt jetzt immer rascher talabwärts und staut sich auch dahinter. Hast du es diese Nacht regnen gehört?»

Lyn nickte. «Schrecklich, nicht wahr? Aber warum hören sie nicht einfach auf, innerhalb des Behelfsdamms zu arbeiten und machen irgendwas anderes, bis die Flut wieder fällt? Wenn Gefahr besteht, daß er reissen könnte, scheint das doch das Sicherste.»

«Das würden sie gern tun, aber sie versuchen, dieses Mittelstück zu verbarrikadieren, damit das Wasser es nicht erreicht, sagt Papa. Wenn *das* beschädigt ist, verstehst du, würde es sie um Monate zurückwerfen.» Sie seufzte. «Ich wünschte, es wäre dreiviertel vier statt dreiviertel neun und dieser Bus startete schon zur Rückfahrt. Ich werde den ganzen Tag lang nur an diesen Behelfsdamm denken!»

Auf der Rückfahrt war die Stimmung im Bus wahrhaftig recht verändert. Die Straße führte ungefähr eine halbe Meile weit am Fluß entlang, und alle waren aufgesprungen, um aus dem Fenster zur

Linken schauen und feststellen zu können, wie hoch der Fluß inzwischen gestiegen war.

Der Gam führte schon Hochwasser. Bräunlich und trüb wälzte er sich talabwärts und riß Äste, Stroh und anderen Abfall wirbelnd mit sich. Auf beiden Seiten war er bereits über die Ufer getreten und kroch in kleinen, schäumenden Wellen langsam die Wiesen hinauf.

Der Anblick hatte die Arbeiterkinder bedrückt und ängstlich gestimmt, die Dorfkinder aufgeregt. Peter Owen frohlockte.

«Es wird das ganze Ding wegschwemmen, ehe es fertig ist», prophezeite er. «Ihr werdet sehen, daß ich recht habe! So wie jetzt wird es drei Wochen lang pausenlos weiterregnen, und dann wird der ganze Plunder den Fluß hinunterschwimmen und irgendwo anders landen, und das wäre die beste Verwendung für den Schund.»

Aber selbst diese phantasievolle Rede vermochte bei den Arbeiterkindern keinen Widerspruch zu wecken. Sie waren jetzt zu verängstigt, um Peter Owen zu beachten, und als der Bus für sie hielt, stürzten alle wie rasend zur Tür.

Rachel war überraschenderweise als allererste draußen, und Lyn, die ihr eben noch alles Gute wünschen wollte, war bestürzt über ihr jähes Verschwinden. Als sie ihr aus dem Fenster nachschaute, verstand sie freilich den Grund.

Mrs. Fleming hatte offensichtlich schon auf den Bus gewartet. Jetzt ging sie ihm entgegen, bleich, ohne Kopftuch über dem nassen Haar. Lyn sah, wie Rachel ihr entgegenlief, beide sich dann umwandten und langsam auf den Damm zugingen. Mrs. Fleming legte den Arm um Rachels Schultern.

Die anderen Kinder zögerten und folgten ihnen dann noch langsamer.

Lyn ging quer durch den Bus und ließ sich dann schwer auf den Sitz neben Peter fallen. «Irgendwas ist passiert!» sagte sie aufgeregt. «Ich weiß, daß irgendwas Schreckliches passiert ist. Und wenn es wirklich stimmt, dann ist es alles unsere Schuld.»

Peter starrte sie entgeistert an. «Unsere Schuld? Wie in aller Welt kann es unsere Schuld sein? Ich bin seit Ewigkeiten nicht mehr bei dem verfluchten Damm gewesen! Wenn irgendwer Schuld hat, dann sind die's selber, zunächst mal, weil sie ihn überhaupt gebaut haben.»

Unbekümmert um seinen Einwand fuhr Lyn fort: «Wir wollten, daß es passierte, du weißt, daß wir's wollten. Wir haben auf den Felsen unterhalb des Llyn gesessen und gewollt, der Fluß sollte steigen oder die Fundamente sollten zusammenbrechen oder irgendwas passieren, das die Arbeit um Monate aufhielt, damit wir noch einmal einen Sommer hier haben könnten.»

«Und was ist denn passiert?» fragte Peter. «Es ist doch nur eine gewöhnliche Flut. Warum sollte denn überhaupt was passiert sein?»

«Nun, ich weiß einfach, daß es so ist.» Lyn seufzte. «Du hast Mrs. Flemings Gesicht nicht gesehen, als sie auf Rachel wartete. Schrecklich war es. Ich wette, der Behelfsdamm ist zusammenge-

134

brochen und eine Menge von den Männern sind ertrunken. Mr. Fleming ist ganz bestimmt ertrunken, das stand in ihrem Gesicht.»

«Aber es ist doch nur eine gewöhnliche Flut!» wiederholte Peter. «Warum sollte der Behelfsdamm dabei zusammenbrechen, wenn sie ihn fest genug gebaut haben? Und wenn sie das nicht getan haben, ist's doch nur ihre eigene Schuld, nicht wahr? Du glaubst doch nicht im Ernst, daß es passiert ist, nur weil wir wollten, es solle passieren, was? Du mußt übergeschnappt sein, Lyn Morgan, wenn du so was glaubst!»

«Selbst übergeschnappt!» Gereizt starrte sie ihn an. «Selbstverständlich haben sie den Behelfsdamm zuerst fest genug gebaut. Aber nachdem er einmal so schwer beschädigt worden war, war er nicht mehr so gut. Ich war gestern zum Tee bei ihnen, und Mr. Fleming hat sich deswegen Sorgen gemacht.»

Peter war geradezu empört bei dem Gedanken, daß sie mit dem Feind Tee trank. Darum sagte er überhaupt nichts mehr.

Lyn aber fuhr fort: «*Falls* also ein paar von den Männern da wirklich ertrunken sind, sind die Dammzerstörer schuld, nicht wahr? Die Saboteure. Und wie, wenn es wirklich dein Vater und mein Vater gewesen sein sollten? Was wird dann passieren?»

Der Bus hielt am Fußweg nach Bryn. Sie verabschiedeten sich von Mr. Roberts, und Peter half ihm noch wie gewöhnlich, den Bus zu wenden, dann ging er Lyn nach, die ihm vorauseilte.

«Zu stolz, um jetzt noch mit mir zu gehen, was?» schrie er hinter ihr her. «Nobel von dir! Gehst zum Tee zu den feinen Leuten, und seitdem bin ich nicht mehr gut genug!»

Lyn, die im allgemeinen auf ihn wartete, tat es jetzt auch. «Sei nicht so albern!» sagte sie. «Da oben geht Mama, schau, mit all ihren Einkäufen, also hat sie im Dorf vielleicht was darüber gehört, was am Damm passiert ist. Ich versuche bloß, sie einzuholen, das ist alles. Los, komm schon!»

Mrs. Morgan hatte allerdings reichlich viel zu schleppen, zwei Tragtüten in einer Hand und einen großen Korb in der anderen.

«Ich hab schon gehofft, euch beide zu treffen», sagte sie, als die Kinder hinter ihr her gerannt kamen. «Hier, Peter, das sind die Sachen für deine Mutter, also die kannst du tragen. Sie mußte sich zu Bett legen mit einer ihrer Migränen.»

Sie übergab ihm eine der Tüten, die andere Lyn und nahm den Korb in die eigene rechte Hand.

«Habt ihr was von dem Damm gehört?» fragte sie ängstlich. «Wußten sie im Bus was davon?»

«Nein, nein, eben nicht!» rief Lyn ungeduldig. «Aber wir haben von der Straße aus gesehen, daß der Fluß Hochwasser führte, und dann stand Mrs. Fleming an der Haltestelle und wartete auf Rachel, darum haben wir uns gedacht, es müßte was Schlimmes passiert sein. Sie sah schrecklich verstört aus. Er ist doch nicht etwa tot, Mama? Nicht Mr. Fleming?»

Die Mutter schüttelte den Kopf. «Nicht soviel man bisher weiß. Man hat ihn schwimmen gesehen, aber das war das letzte, was man von ihm gesehen hat. Und ein anderer Mann geht auch ab. Bisher hat man noch keinen von ihnen gefunden.»

«Schwimmen!» rief Peter aus. «Warum ist er geschwommen? Ist einer in den Fluß gefallen?»

«Sicher war irgendwas mit dem Behelfsdamm los!» Lyn war sehr erregt. Sie mußte daran denken, wie glücklich die Familie Fleming noch gestern gewesen war. «Der Damm ist gebrochen, während sie daran gearbeitet haben, nicht wahr? Er hatte den Ingenieuren schon gesagt, in dem Zustand sei er nicht sicher!»

«Ja, der Damm ist gebrochen, aber nicht gerade, während sie daran gearbeitet haben. Er hat um zwei Uhr die Arbeiter dorthin gerufen, weil Risse anfingen, sich zu zeigen, und dann ging er fort, um den Chefs zu berichten, während die Leute aufräumten. Mrs. Humphries hat mir das alles erzählt, daher weiß ich, daß es wahr ist.»

«Aber warum schwamm er denn?» fragte Peter noch einmal. «Ist einer in den Fluß gefallen?»

«Nein, nichts dergleichen.» Mrs. Morgan schob den schweren Sack von der einen Hand in die andere. «Als er zurückkam, um zu sehen, wie weit sie wären, stellte er fest, daß sie alles weggeräumt hatten bis auf eine Maschine, aber das war gerade eine Spezial-Maschine. Die Männer sagten, sie wäre zu schwer, um sie von der Stelle zu bringen, und so haben sie die stehen lassen. Also, da ist er selber in den Behelfsdamm hinuntergestiegen, um sie zu holen...»

«Aber ich denke, sie war zu schwer», unterbrach Peter. «Wie konnte er sie dann bewegen?»

«Da war ein Kran», erklärte Mrs. Morgan. «Die Männer hatten alle gedacht, er funktioniere nicht, verstehst du, aber er hatte ihn gerade am Tag vorher repariert, und so war er in Ordnung. Also jedenfalls stieg er selber in den Behelfsdamm hinunter, um die Maschine nur ein bißchen weiter zu rücken, so daß der Kran sie erfassen konnte. Fünf Männer halfen ihm dabei. Als sie die Maschine weit genug gebracht hatten, schickte er die Männer bis auf einen wieder fort, und er und der andere waren grade dabei, die Ketten zu richten, damit der Kran die Maschine richtig abschleppen könnte. Und sie waren beinahe fertig, da brach der Damm!»

«Oh, die unglückliche Mrs. Fleming!» rief Lyn aus. «Kein Wunder, daß sie so verzweifelt aussah. Arme Rachel!»

«Aber er ist doch *geschwommen!*» rief Peter ungeduldig. «Sie sagten doch, er wäre geschwommen, Mrs. Morgan! Wenn er den Fluß runter geschwommen ist, dann wird er wahrscheinlich hereinspaziert kommen, wenn sie gerade bei ihrem Tee sitzen, und wird fragen, warum die ganze Aufregung.»

«Es ist jetzt zwei Stunden her», erklärte Mrs. Morgan, während sie rasch dahingingen. «Kurz vor drei Uhr ist es passiert. Der andere Arbeiter ist bestimmt tot, sagt man, weil er direkt gegen den Zement des Dammes geschwemmt wurde und dann verschwunden ist. Mr. Morgan ist es gelungen, zum Schacht des Rohrs zu schwimmen, an dem sie gerade arbeiteten. Aber niemand hat ihn auf der anderen Seite herauskommen sehen. Sie suchen jetzt den Fluß unterhalb nach ihm ab.»

Sie trennte sich von den Kindern und stieg zum Gutshof hinauf, um den Zucker abzuliefern, den sie für Mrs. Morris im Dorf gekauft hatte.

Peter stand stumm da. Er kannte die rasende Kraft des Flusses, wenn er Hochwasser führte. Lyn fing an zu weinen. Sie konnte nur an Rachels Kummer denken und an die Nettigkeit von Mr. Fleming.

JETZT SIND ALLE GEGEN UNS!

Emrys war böse, weil kein Mensch ihn beachtete. Er warf klebriges Brot auf den Boden, und niemand bemerkte es. Er wollte nicht essen, und es schien ihnen gleichgültig zu sein. Er hatte erwartet, man würde ihm freundlich zureden, stattdessen räumten sie einfach seinen Teller weg. Und er hatte doch noch Hunger! Emrys fing an zu heulen.

«Zum Teufel mit diesem Baby!» sagte seine Mutter, nahm ihn aber trotzdem auf den Schoß und versuchte, ihn zu beruhigen. «Als ob wir nicht ohne sein Gebrüll schon genug Sorgen hätten!»

Weder sie selbst noch Lyn hatten während der Mahlzeit viel gesagt, jetzt aber begann sie über den Damm zu sprechen, beredete den ganzen Unfall immer und immer wieder, erzählte, was Mrs. Morris und Mrs. Owen dazu gesagt hätten, als sie ihnen davon berichtete. Schließlich hätte Lyn sie am liebsten angeschrien, sie solle endlich still sein. Stattdessen stand sie auf, ging in ihr Schlafzimmer hinauf und setzte sich nieder.

Sie fühlte sich ganz durcheinander. Zwar war sie fest überzeugt, daß ihr Vater den Damm nicht zerstört hatte. Er war ein viel zu grader und rechtschaffener Mensch, um etwas so Hinterhältiges zu tun. Gewiß war er immer streng mit ihr gewesen, dennoch verstanden sie sich gut. Als die ersten Gerüchte über den Damm aufkamen, hatte er offen gesagt, wie er darüber dachte.

Er war erbittert gewesen, als die Beamten der Stromverwaltung in Bryn eintrafen, und er hatte die Kampagne gegen den Damm begeistert unterstützt. Als sie aber erfolglos blieb, hatte er resigniert und sich, wenn auch schweren Herzens, in das Unvermeidliche gefügt. Jedenfalls *schien* er die Entscheidung als endgültig hinzunehmen.

Jetzt aber war er so verändert, er versteifte sich in stummen Zorn, und Lyn verstand nicht, warum er sich weigerte, zu gestehen, was er in der Zerstörungsnacht getrieben hatte — jedenfalls nicht, warum er sich *jetzt* immer noch weigerte. Anfangs freilich, das war ihr klar, hatte es ihn einfach gereizt, daß die Mutter ihn derartig zu einer eindeutigen Aussage drängen wollte, weil sie ihm nicht traute.

Lyn mußte auch an seine Begeisterung denken, als Emrys geboren wurde, an seine Freude darüber, daß nun weiterhin Morgans in diesem Hause wohnen würden und wieder ein Morgan da wäre, um nach ihm Schäfer in Bryn zu sein. Schon damals hatte sie sich beim Anblick des Brüderchens im stillen gefragt, was geschehen würde, wenn er heranwüchse und lieber Mechaniker werden wollte!

Nun, jetzt war das gleichgültig, denn es würde kein Tal mehr geben, kein Schäferhaus und kein Bryn! Hatte ihr Vater schließlich den Gedanken doch nicht zu ertragen vermocht... hatte er sich getrieben gefühlt, irgend etwas zu unternehmen, um das zu verhindern? Sie konnte es einfach nicht glauben, aber durfte sie sicher sein?

Sie wußte nicht mehr, was sie denken sollte, und sie war so besorgt um das Schicksal von Mr. Fleming, daß sie es nicht mehr ertragen konnte, weiter herumzusitzen, ohne zu wissen, was geschehen war.

Während also ihre Mutter damit beschäftigt war, Emrys zu baden, schlüpfte sie aus dem Haus und lief den Talweg entlang.

Das Postamt wollte grade schließen, und Lyn reizte Mrs. Jenkins noch mehr als sonst, weil sie Briefmarken verlangte, als diese eben gezählt und weggeschlossen waren.

Nach Neuigkeiten brauchte sie nicht zu fragen.

«Die eine Leiche hat man also gefunden», berichtete Mrs. Jenkins, während sie die Schublade wieder zuknallte und mit viel Schlüsselgerassel abschloß, um zu zeigen, wieviel Mühe Lyn ihr gemacht hatte. «Er war ein netter Junge, das muß man sagen. Der arme Kerl! Nun, jedenfalls hat er überhaupt nicht gelitten, das ist das einzig Gute dabei. Er ist hart auf den Zement aufgeprallt, erzählt man, und hat sicher nichts mehr davon gespürt.»

Sie müsse wohl von dem Arbeiter sprechen, dachte Lyn. Sicher würde kein Mensch Mr. Fleming einen netten *Jungen* nennen. Wiederum brauchte sie nicht zu fragen.

«Die andere Leiche hat man noch nicht gefunden», fuhr Mrs. Jenkins fort. «Die des Vorarbeiters. Wahrscheinlich ist sie einfach den Fluß hinuntergespült worden.»

«Aber vielleicht ist er gar nicht tot!» widersprach Lyn. «Man sollte doch keinen Menschen eine Leiche nennen, ehe man wirklich weiß, daß er eine solche ist!»

Mrs. Jenkins lehnte sich über den Schalter und starrte Lyn düster an. «Du bist ja reichlich hoffnungsvoll! Aber ich verstehe es. Diese Saboteure sind Mörder, und das weißt du, nicht wahr? Ob nun der alte Nachtwächter stirbt oder nicht, jetzt sind sie auf jeden Fall Mörder! Zweifellos wird bald die Polizei hier sein, und *die* werden ihn schon zum Reden bringen! Und auch diesen Thomas Owen, diesen Heimlichtuer!»

Lyn brauchte nicht zu fragen, wen sie mit «ihn» meinte. Es fiel ihr nichts ein, was sie sagen könnte, und sie verließ den Laden.

Vielleicht sollte sie geradenwegs zu Thomas Owen gehen und versuchen, mit ihm zu reden? Wenn sie ihm berichtete, was Mrs. Jenkins über die Polizei gesagt hatte, und wieviel schlimmer das Gerede im Dorf jetzt wurde?

Lyn ging langsam und versuchte, sich selbst zu diesem Entschluß zu überreden. Peters Vater war ein schwer durchschaubarer Mensch. Er sagte selbst nicht viel, konnte aber manchmal über irgend einen privaten Witz still vor sich hin lachen, wäh-

144

rend man selbst ganz ernsthaft mit ihm redete. Sie fragte sich, ob wohl alle Schäfer ein bißchen sonderbar seien? Vielleicht weil sie immer so viel allein waren.

Als sie zu dem Pfad kam, der zum Damm führte, blieb sie stehen und schaute in Richtung des Dammes. Dann bog sie von der Straße ab und eilte diesen Pfad entlang. Sie konnte ja irgend jemand auf der Baustelle nach Mr. Fleming fragen und brauchte gar nicht in die Nähe der Wohnwagen zu kommen. Vielleicht wußte man hier schon Näheres über ihn.

Eine einzige Maschine ratterte am Hügel, und ein paar Leute arbeiteten ruhig, aber im Ganzen war nicht viel Betrieb. Lyn zögerte. Sie ging nicht gern direkt auf diesen Bauplatz, wo sie doch nichts zu suchen hatte.

Da kam ein Arbeiter auf sie zu, einen großen Briefumschlag in der Hand. Er winkte ihr, blieb dann aber jäh stehen.

«Entschuldige!» rief er und wandte sich ab. «Ich dachte, du wärest eine von unserer Gruppe. Nichts für ungut.»

Lyn lief ihm nach. «Können Sie mir vielleicht sagen», fragte sie hastig, «ob man Neues von Mr. Fleming weiß? Ich bin eine Freundin von Rachel, verstehen Sie?»

Der Mann nickte lächelnd. «Dann habe ich gute Nachrichten für dich. Man hat ihn lebend gefunden.»

«Lebend!» Einen Moment lang fühlte Lyn sich

ganz schwach werden vor Erleichterung. «Ist das wirklich wahr? Im Dorf weiß man noch nichts davon.»

«Im Dorf!» Der Arbeiter sprach verächtlich. «Natürlich, der Krankenwagen hat ihn direkt nach Aber gefahren. Wäre ihm nicht eingefallen, erst eine Tour durchs Dorf zu machen!»

Lyn errötete. «Geht's ihm gut? Ist er schwer verletzt oder irgend so was?»

Er schüttelte den Kopf. «Nein, nur der Schock und allgemeine Erschöpfung. Darum behalten sie ihn ein paar Tage da. Wir haben ihn gefunden, kurz nachdem wir den armen Sandy gefunden hatten, der bewußtlos in derselben Flußbiegung weggerissen wurde. Den Mr. Fleming muß die Strömung ans Ufer gespült haben, ehe er unterging. Darum haben sie ihn nach Aber geschafft zur Untersuchung. Klar? Also jetzt geh und erzähl *das* im ganzen Dorf!»

Als er sich abwandte, rief Lyn ihm nach: «Wo ist denn Rachel? Auch in Aber?»

«Nein, die ist hier, aber über Nacht ist sie bei den Bradfords, also wird für sie gesorgt, wenn du das wissen willst. He!» Er hielt den Umschlag hoch. «Falls du sie besuchen gehst, kannst du das doch gleich mitnehmen. Sag ihr, sie soll es sofort an Mr. Bradford weitergeben, verstehst du? Ich kann mit den Aufräumearbeiten nicht weiter machen, bis er sagt, es geht in Ordnung.»

Lyn hatte eigentlich nicht die Absicht gehabt, zu den Wohnwagen zu gehen, dies aber gab ihr eine

146

gute Begründung dafür, und sie eilte den Pfad entlang. Sie sah Aggie in der offenen Tür des Flemingschen Wohnwagens stehen, und die kleine braune Hündin lief ihr freudig entgegen.

Rachel schrieb einen Brief und sah Lyn kommen, ehe diese anklopfen konnte.

«Hallo», sagte sie ruhig, «dich habe ich hier eigentlich nicht erwartet.»

«Ich wäre auch nicht gekommen», erwiderte Lyn, «aber ich habe einen Mann an der Baustelle nach deinem Vater gefragt, und er hat mir erzählt, er wäre gerettet und gesund. Ist das nicht wundervoll? Ich habe mich so entsetzlich um ihn gesorgt und beunruhigt. Für dich und deine Mutter muß es schlimm gewesen sein.»

«Ja, das war's.» Rachel spielte mit dem Schreibpapier herum. «Und Papa mag jetzt gerettet und wohlauf sein, aber genau so gut könnte er es nicht sein. Und was ist mit dem armen Sandy?»

«Der, der ertrunken ist? Ja, das ist schrecklich, nicht wahr? Hast du ihn gekannt?»

Rachel nickte. «Er war ganz besonders nett und ein besonders fleißiger Arbeiter. Er hatte eben einen neuen Wohnwagen gekauft und war sehr stolz auf ihn. Mama hat ihm Vorhänge dafür genäht, aber er ist nach Llanstadt gefahren und hat den Stoff dafür selber gekauft.»

«Hatte er also keine Frau und keine Kinder?» Lyn lehnte sich an die Wand des Wagens, da Rachel nicht die Absicht zu haben schien, sie zum

Sitzen aufzufordern. «Dann ist's doch nicht ganz so schlimm, wie wenn er eine Familie hätte.»

«Er hatte eine Mutter», sagte Rachel gereizt, «und sechs Geschwister, alle jünger als er. Und sie leben alle auf einem kleinen Hof an der Westküste von Irland, und er hat seiner Mutter regelmäßig die Hälfte seiner Lohntüte geschickt, um ihnen in ihren täglichen Sorgen auszuhelfen.»

Lyn schwieg. Rachel schien ganz verstört. Vielleicht kam es von der Aufregung und Angst dieses Nachmittags und dann von der jähen Erleichterung über die Rettung ihres Vaters.

«Und wie wird es ihnen *jetzt* gehen!» Rachel ließ den Federhalter klirrend auf den Fußboden fallen. «In diesem Tal kümmert das keinen, soviel steht fest. Wenn diese blöden, albernen Saboteure sich nicht eingemischt und an dem Damm herumgefummelt hätten, wäre Sandy noch am Leben!»

Nach kurzem Schweigen blickte Rachel Lyn ebenso verächtlich an, wie Mrs. Jenkins es getan hatte. «Und wer auch immer die Täter waren», fuhr sie fort, «von jetzt an werden sie sich als Mörder fühlen müssen. Dir selbst sollte ziemlich elend dabei zumute sein, oder etwa nicht, Lyn Morgan? Geh nach Hause und frag deinen Vater, wie man sich als Mörder fühlt!»

In fassungslosem Schweigen starrten sie einander an. Dann wandte Lyn sich ab und ging fort.

Sie war schon ein ganzes Stück gegangen, als ihr klar wurde, daß sie immer noch den Umschlag in der Hand hatte. Nach kurzem Zögern kehrte sie um und lief zum Wohnwagen der Flemings zurück.

Rachel saß noch immer am Tisch, jetzt aber schrieb sie nicht, sondern sie weinte.

Lyn warf den Umschlag heftig auf den Fußboden und schrie viel lauter, als es nötig gewesen wäre: «Für Mr. Bradford.» Dann rannte sie davon. Halb ging, halb lief sie die Talstraße entlang. In ihrem wirren Kopf kreiste der Widerhall von Rachels Worten.

«Jetzt sind alle gegen uns!» sagte sie in ihrer Verzweiflung laut zu sich selbst. «Jeder einzige Mensch im Tal ist jetzt gegen uns, sogar Rachel!»

ICH HABE ES SCHON IMMER GEWUSST

Als am nächsten Morgen der Schulbus an der Baustelle hielt und die dort wohnhaften Kinder einstiegen, machte Lyn den neben ihr sitzenden Peter Owen auf einen absterbenden Baum in der anderen Richtung aufmerksam, und es gelang ihr, das Gespräch solange auszudehnen, bis der Bus sich wieder in Bewegung setzte.

Als dann Peter die üblichen Vorwürfe und Drohungen mit den Arbeiterkindern wechselte, hielt sie den Kopf ständig abgewandt und sagte nichts mehr.

Seit längerer Zeit hatte sie jetzt immer nur bis zu dieser Haltestelle neben Peter gesessen, dann war sie zu einer anderen Bank gegangen und hatte dort den Platz neben sich für Rachel frei gehalten. Seit gestern aber... nein! Nie wieder würde sie neben Rachel Fleming sitzen, noch weniger — wenn sie es irgend vermeiden konnte — mit ihr sprechen.

Erst als sie schon fast die Schule erreicht hatten, rief jemand aus den hinteren Reihen Lyn irgend etwas zu, so daß sie vor sich selbst eine Entschuldigung hatte, den Kopf zu wenden. Bei dieser Gelegenheit schaute sie verstohlen, nur aus einem Blickwinkel, nach Rachel aus.

Rachel war nicht da!

Sie schaute noch einmal, jetzt ganz ungeniert, und eine der Arbeitertöchter bemerkte es.

«Rachel ist nach Aber gefahren», sagte sie freundlich, «um ihren Vater zu besuchen. Ich habe deswegen eine Entschuldigung von Mr. Bradford für den Klassenlehrer.»

Lyn zuckte die Achseln und wandte sich ab. «Nichts könnte mir gleichgültiger sein, als wohin sie gefahren ist, Sally, aber trotzdem vielen Dank. Von mir aus könnte sie auf den Mond fahren!»

Mr. Morgan und Lyn saßen schweigend am Teetisch. Mrs. Morgan dagegen schien den Strom ihrer Rede überhaupt nicht eindämmen zu können. Sie war im Dorf gewesen, um Tabletten für Mrs. Owen zu kaufen, die immer noch zu Bett lag, und viele Leute hatten ihr gegenüber so abscheulich anzügliche Bemerkungen über «Mörder» gemacht, daß sie jetzt nahezu hysterisch deswegen war.

«Wir werden die Polizei auf dem Hals haben, das ist das nächste. Du wirst es erleben!» Sie schnitt eine neue Scheibe Brot für Emrys, noch bevor er die auf seinem Teller halb aufgegessen hatte. «Es ist der bloße Eigensinn von euch beiden! Du und dieser Thomas Owen! Und ich und das Kind hier sind's, die darunter leiden müssen, denn du selber gehst ja überhaupt nie ins Dorf. Du weißt gar nicht, wie sie über dich reden, und du machst dir ja auch nichts daraus!»

Niemand gab irgendeine Antwort, und sie plapperte weiter.

«Es wäre mir ja egal, verstehst du, wenn ich es abstreiten könnte. Aber wie könnte ich das, wenn ich genau so wenig Ahnung habe wie sie alle, wo du in der Nacht gewesen bist! Ich habe unterwegs diese nette Mrs. Humphries getroffen, und sie...»

Da klopfte es an der Tür.

«Das wird jetzt die Polizei sein!» Angstvoll starrte Mrs. Morgan auf die Tür. «Mrs. Jenkins hat gesagt, es würde nicht lange dauern, bis wir sie hier hätten!»

Mr. Morgan gab Lyn einen Wink. «Mach auf, Mädchen. Wahrscheinlich ist es Owen, der mir wegen des ewigen Regenwetters ein Fläschchen Schnaps bringen will.»

Aber es war nicht Thomas Owen. Es war Rachel.

Lyn hielt ihr die Tür auf und sagte sehr kühl: «Guten Abend.»

Mr. Morgan aber forderte sie mit einer für ihn ungewohnten Wärme auf, hereinzukommen und sich zu setzen. Er war dankbar für die Unterbrechung.

Rachel setzte sich ans Feuer und sah Lyn unsicher an, die sich ihrerseits wieder schweigend an den Tisch setzte.

«Entschuldigen Sie, Mrs. Morgan, daß ich gerade zur Teezeit komme», sagte Rachel zögernd, «aber das habe ich gar nicht bedacht. Ich bin nur rasch rüber gelaufen, um mir Sallys Rad auszuleihen, und dann bin ich gleich hier runter gefahren, sobald wir aus Aber zurück waren.»

«Wie geht's deinem Vater?» Die höfliche Frage blieb Mr. Morgan überlassen. Lyn starrte das Tischtuch an und schien entschlossen, nichts zu sagen. Mrs. Morgan ihrerseits starrte Rachel an und schien schlechthin unfähig, etwas zu sagen. Sie hatte Angst, Mr. Fleming könnte vielleicht gestorben sein und Rachel sei gekommen, um ihren Mann als Mörder anzuklagen!

«Oh danke, ganz gut.» Rachels schüchternes Verhalten entkräftete freilich diesen Verdacht. «Er ist schon mit uns nach Hause gekommen, aber er wird noch den ganzen Rest der Woche Urlaub machen.»

Ein Weilchen blieb sie stumm, dann aber sagte sie unvermittelt: «Verzeih, Lyn, es tut mir leid, wirklich, und ich hab's auch gar nicht so gemeint, aber ich war ganz durcheinander wegen Sandy und dazu all die Sorge um Papa…»

Lyn nickte, sagte aber immer noch nichts.

«Auch Mr. Parkins geht's jetzt ganz gut», fuhr Rachel fort, «oder wenigstens viel besser. Gestern früh ist er endlich wieder zu vollem Bewußtsein gekommen, und Papa durfte ihn sehen, ehe er heute abreiste. Auch die Polizei war da, um ein Protokoll aufzunehmen.»

«Die Polizei!» Nervös richtete Mrs. Morgan sich auf. War Rachel etwa gekommen, um sie zu warnen, um ihrem Mann Zeit zu geben, sich seine Aussagen zurechtzulegen?

154

«Er erinnert sich an die Vorgänge, wenigstens teilweise. Er ist gar nicht über den Kopf geschlagen worden. Er radelte grade zum Parkplatz hinunter, um Alarm zu geben, und ein Mann folgte ihm im Auto. Dann rammte das Auto sein Hinterrad, und er stürzte. Er meint, er müsse mit dem Kopf hart auf den Felsen aufgeprallt sein oder irgend so was.»

«Dann war es also tatsächlich nur ein Unfall?» fragte Mrs. Morgan sehr erleichtert. Das war immerhin eine Beschuldigung weniger.

«Ja. Und er erinnert sich auch noch an etwas anderes, was später passierte. Er lag auf dem Rükken, und eine Menge Männer standen um ihn herum und redeten, und dann gingen sie weg. Er hörte einen Motor anspringen, und bald darauf fing es an zu regnen. An mehr kann er sich nicht erinnern.»

«Hat er irgendwen von den Männern gekannt?» fragte Mrs. Morgan angstvoll. «Konnte er ihre Gesichter sehen?»

Lyn warf ihrer Mutter einen zornigen Blick zu und scharrte ungeduldig mit ihrem Stuhl. Es war ja ganz offenkundig, daß sie ihren Mann für einen der Täter hielt. Mr. Morgan dagegen blickte Rachel ruhig an und schwieg.

«Ja, er sagt, ab und zu sei der Mond hervorgetreten, und da habe er die Männer deutlich gesehen. Er sei sicher, daß keiner der Hiesigen dabei war. Die Polizei hat ihn darüber natürlich auch befragt, und dann haben sie Papa erklärt, jetzt wären sie völlig sicher, daß die ganze Sabotage von einer Gruppe außerhalb des Tals organisiert worden sei.

Eigentlich hätten sie es sich von Anfang an nicht anders gedacht!»

«Und all meine Ängste für nichts und wieder nichts!» Verwirrt lehnte Mrs. Morgan sich in ihrem Stuhl zurück. «Meine ganze Sorge, wo du in jener Nacht gewesen sein könntest!» Empört wandte sie sich an ihren Mann. «Hätte ich...»

Er schnitt ihr das Wort ab, indem er Rachel liebenswürdig fragte: «Hat diese Flut denn viel Schaden angerichtet? Seit Jahren hat der Fluß nicht soviel Wasser geführt. Wirft es eure Leute sehr zurück bei der Fertigstellung des Dammes?»

Sie redeten noch ein Weilchen hin und her, aber immer noch sagte Lyn kein Wort, und Rachel erhob sich bald zum Abschied. Mr. Morgan hielt ihr die Tür auf und dankte ihr für ihren Besuch.

«Nun ja, bisher weiß es sonst noch keiner», erklärte sie, «aber ich wollte, Sie sollten es zuerst erfahren, wegen...», sie zögerte kurz, «wegen des Dorfes.»

Mr. Morgan nickte lächelnd, dann sah er Lyn stirnrunzelnd an. «Wirst du Rachel nicht zum Abschied ein Stückchen begleiten?» fragte er scharf.

Zögernd stand Lyn auf. «Also gut.» Sie griff nach ihrem Mantel hinter der Tür.

«Oh nein, mach dir keine Mühe, wirklich nicht.» Rachel machte einen Schritt rückwärts. «Ich habe ja Sallys Rad am Gartentor, und es regnet immer noch. Wir sehen uns morgen im Bus.»

«Ja», sagte Lyn, immer noch kühl. «Auf Wiedersehen morgen also.»

156

Kaum hatte die Tür sich hinter Lyn geschlossen, da fing Mrs. Morgan wieder an zu reden, eifrig wie eh und je. Sie hatte schon eine ganze Weile gesprochen, ehe sie merkte, daß sie allein es tat. Lyn saß am Feuer und beobachtete unruhig ihren Vater. Mr. Morgan wirkte düster.

Rasch fragte ihn seine Frau, ob er nicht froh sei, zu wissen, daß sein Name jetzt wieder makellos sein würde? Sie selbst habe niemals ernstlich geglaubt, daß er irgendetwas mit der Sache zu tun habe, aber all der Dorfklatsch sei ihr auf die Nerven gegangen und sie habe sich Sorgen gemacht. «Als du mir durchaus nicht sagen wolltest, wo du in jener Nacht gewesen bist, konnte ich doch gar nicht anders, als mir Sorgen machen, nicht wahr?» sagte sie.

Er antwortete nicht, und Lyn bekam plötzlich Angst. Sie hatte Angst, daß am Ende doch nichts besser würde, daß sie nie wieder zusammen so glücklich werden würden, wie sie es vorher gewesen waren, auch nicht, wenn sie an einem neuen Ort neu anfingen. Vielleicht würde der Vater es ihrer Mutter nie verzeihen, daß sie ihm nicht vollkommen vertraut hatte.

Da blickte Mr. Morgan auf und bemerkte, wie Lyn ängstlich wurde und wie unglücklich seine Frau aussah.

Er griff nach seiner Pfeife auf dem Kaminsims. «Nun, kommt es denn darauf an, wo wir waren?» fragte er. «Wir haben uns um unsere eigenen Angelegenheiten gekümmert, Thomas Owen und ich, und das ist mehr als man von den meisten Leuten im Dorf sagen kann! Warum gehst du nicht hinüber und erzählst den Owens, was Rachel gesagt hat, Annie? Während du fort bist, kann Lyn Emrys zu Bett bringen. Und wenn du zurückkommst, bring mir die bewußte Flasche mit. Ich werde sie morgen früh wohl brauchen.»

Plötzlich war alles in Ordnung.

Lyn zog Emrys auf dem Küchentisch zur Nacht um und sang dabei, um ihn ruhig zu halten. Ihr Vater saß am anderen Tischende und füllte die Zahlen im Fußball-Toto aus.

«Und wie steht's mit dir, Lyn?» fragte er plötzlich. «Hast du geglaubt, daß Mrs. Jenkins und all die andern recht hätten? Dachtest du, ich hätte Mr. Parkins über den Kopf gehauen, ich sei ein Verbrecher?»

«Nun also», sagte Lyn, während sie Emrys aufsetzte, um ihm seinen Jumper abzustreifen, «ich war ein bißchen durcheinander, weil ich doch wußte, wie du über den Dammbau und die Überflutung des Tals dachtest. Natürlich waren Mr. Parkins' Kopfverletzung und Sandys Ertrinken beides Unglücksfälle, nicht wahr?»

«Nun ja, in gewissem Sinne», erwiderte er, «aber andererseits auch nicht, denn sie hatten ja die *Absicht,* den Nachtwächter zum Schweigen zu bringen und den Behelfsdamm einsturzreif zu machen.»

Sie nickte. «Ach so, ja. Das habe ich mir nie überlegt.» Sie ging in die Speisekammer, um Emrys' Milch zu holen. «Aber ich war sicher, daß du nie

158

so etwas Böses tun würdest. Das habe ich immer gewußt. Und ich bin immer für dich eingetreten, im Schul-Bus und im Dorf, aber sogar Rachel hat zuletzt geglaubt, du wärest es gewesen.»

Er lachte. «Hab mir schon gedacht, daß ihr irgend einen Streit hättet. Wie ein Eiszapfen warst du heut nachmittag.»

«Ach ja», Lyn lächelte widerstrebend. «Ich hab' ihr gesagt, du wärest es nicht gewesen, und sie wollte mir nicht glauben. Ich habe nie *irgend jemand* merken lassen, daß ich mir selber ein bißchen Sorgen gemacht habe…» Sie zögerte. «Nicht einmal Mama.»

Der Vater nickte und sah sie ernst an. «Trage ihr das nicht nach, Lyn, bitte. Sie war verängstigter als du, und dieser Weiberklatsch im Dorf ist ihr auch mehr auf die Nerven gegangen als dir.»

«Ja, das weiß ich», sagte Lyn. «Aber diese Idee von ihr, nach Bryn zu gehen und Mr. Morris zu fragen, ob er wüßte, wo du in jener Nacht gewesen bist!»

«Nun, ja», er zuckte die Schultern. «Es war schwer für sie, dieser bösartigen Mrs. Jenkins gegenüber, und durch meinen Eigensinn habe ich ebenso viel Schuld wie sie. Also vergiß das Ganze und mach Frieden mit Rachel.»

Lyn bürstete Emrys' schwarzes Haar und trieb ein bißchen Kitzelspiel mit ihm, ehe sie ihn in sein Bett hinüberbrachte.

Als sie zurückkam, saß ihr Vater mit seiner Pfeife am Feuer. Sie machte sich an den Abwasch.»

Nach einer Weile sagte er: «Wenn du so sicher warst, Mädel, daß ich nichts mit den Beschädigungen am Damm zu tun hatte, warum bist du mir dann am Sonntagmorgen nachgegangen, wo du hättest im Bett sein sollen?»

Überrascht wandte Lyn sich um. «Hat Thomas Owen dir das erzählt? Er hatte versprochen, es nicht zu tun.»

«Nein, ich habe dich mit ihm sprechen sehen, als ich schon oben auf dem Moor war. Er hat nichts davon erwähnt. Myf und Mabli haben es mir verraten. Hast du gemeint, *sie* würden es nicht spüren?»

Als die beiden schwarzen Schäferhunde ihre Namen hörten, schlugen sie mit den Schwänzen auf die Fliesen des Fußbodens.

«Ach so!» Lyn errötete. «Nun, ich war ja sicher, aber ich wollte mir volle Gewißheit verschaffen. Da waren doch diese Polizeihunde am Damm, verstehst du, und ich dachte mir, vielleicht wüßtest du das nicht. Ich dachte, wenn du zufällig grade dahin gingest...»

«Ich verstehe.» Der Vater runzelte die Stirn. «Nun, ich wünschte, du wärest sicher genug gewesen, um dir keine Sorgen dieser Art zu machen. Aber so ist's nun mal. Laß es jetzt begraben sein.»

Lyn trug das gespülte Geschirr in die Speisekammer. Bei ihrer Rückkehr sagte der Vater: «Und jetzt möchtest du wahrscheinlich wissen, *wohin* ich am Sonntag früh gegangen bin?»

160

Sie lachte. «Ja, das möchte ich. Aber ich hätte dich nie gefragt. Nicht mehr nach Mama!»

Er erklärte ihr, daß er und Thomas Owen so früh los gegangen wären, weil sie auf mehrere Meilen im Umkreis das Moorland nach Schafen absuchen wollten, die schon seit längerer Zeit bei der Herde fehlten. «Wir sind schon drei Tage lang nach ihnen unterwegs gewesen», sagte er, «und weit und breit nichts von ihnen zu sehen. Eine ganze Menge gehen uns ab, noch dazu ein paar von unseren besten Mutterschafen. Wir vermuten, daß irgend jemand mit einem Güterwagen hinter ihnen her ist. Ich habe gehört, daß der alte Roberts mehr als ein Dutzend verloren hat, drüben bei Hafo.»

«Dahin gingt ihr also am Samstag!» sagte Lyn. «Und am Sonntag auch?»

«Ja. Ganz rüber bis zum anderen Ende des gro-ßen Moors. Wir haben jetzt alles abgesucht, auch die Felsen. Also jetzt wird der Boß es der Polizei melden. Damit das Dorf über was anderes zu reden hat außer Saboteuren!» Er lachte. «Wir sind ziemlich früh in der Morgendämmerung losgezogen, soviel ich mich erinnere — das mußten wir ja, um so weit zu kommen — aber nie haben wir dabei irgendwas vom Tal gesehen oder gehört. Diese Burschen lagen um die Zeit wohl alle schon wieder gemütlich in ihren Betten, nehme ich an. Und nur der arme Mr. Parkins lag draußen im Regen und hätte sich dabei fast den Tod geholt.»

DAS TAL VON CARREG-WEN

Sie hatten verabredet, sich im Dorf zu treffen. Lyn wußte, daß sie auf jeden Fall dort ein paar Einkäufe erledigen müßte, und danach könnten sie sich je nach Wetter entscheiden, was sie tun wollten.

Es war ein herrlicher Morgen. Genug Wind, um die Wolken über den Himmel zu treiben, an geschützten Stellen aber und in der Sonne war es richtig warm. Rachel hatte solch ein geschütztes Plätzchen gefunden, draußen vor dem Postamt. Sie lehnte sich an die Mauer, um den Sonnenschein zu genießen und breitete die Arme aus.

«Was machst du denn da?» Lyn kam rasch um die Ecke und überraschte sie in dieser Stellung. «Lernst du fliegen?»

Rachel lachte. «Wirklich, an so einem Tag bekäme man Lust dazu, nicht? Sicher braucht man einen tüchtigen Wind, um zu starten. Hast du jetzt alles beisammen?»

Lyn schaute auf ihre Einkaufsliste. «Ja, ich muß nur eben noch hier hinein, um die Postanweisung für Papas Totowette aufzugeben. Bin gespannt, was Mama Jenkins heute über Saboteure sagen wird.»

Mama Jenkins sagte gar nichts. Schweigend schob sie die ausgefüllte Postanweisung Lyn zu und wandte sich ab, um das Wechselgeld aus der Kasse zu holen.

Durch einen Rippenstoß von Rachel ermutigt, sagte Lyn: «Waren Sie sehr überrascht, Mrs. Jenkins, als sie erfuhren, daß mein Vater und Mr. Owen schließlich doch keine Mörder sind? Die Polizei, wissen Sie, hat gesagt, sie hätte nie gedacht, daß es einer hier aus dem Tal war.»

«Kann mir vorstellen, daß die es nicht dachten.» Mrs. Jenkins haute das Wechselgeld auf den Schalter. «Aber die kennen das Tal ja auch nicht so gut wie ich. Und ich *war* allerdings überrascht, als ich hörte, die von dir genannten Männer hätten nichts mit der Sache zu tun. Sie haben sich ja beide aufgeführt wie kleine Kinder, als sie sich weigerten, zu sagen, wo sie in der Nacht gewesen sind, und einer von ihnen hat sich dazu noch ins Fäustchen gelacht!»

«Aber warum *sollten* sie denn sagen, wo sie gewesen sind?» fragte Lyn böse. «Was geht das irgend einen anderen Menschen an? Mein Vater und Mr. Owen sind Hirten und erfüllten ihre Hirtenpflicht. Sie haben sich um ihre eigenen Angelegenheiten gekümmert, im Gegensatz zu gewissen Leuten aus diesem gräßlichen Dorf.»

Sie schob Rachel vor sich her aus dem Laden und knallte die Tür zu. «Da hat sie's!» sagte sie selbstzufrieden. Doch dann bemerkte sie, daß Rachel errötete.

«Hast du mit deiner Bemerkung etwa auch mich treffen wollen, Lyn?» fragte sie. «Genau so wie

Mrs. Jenkins? Ich habe ja letzten Montagabend auch nicht nett über deinen Vater gesprochen. Aber ich hab's wirklich und wahrhaftig nicht so gemeint. Ich war nur ganz durcheinander über Sandys plötzlichen Tod. Er war so nett, und es kam mir einfach unfaßlich vor: Eben war er noch da gewesen und gleich darauf nicht mehr! Nur sein neuer Wohnwagen stand noch da — leer. Ich konnte es einfach nicht fassen.»

Lyn nickte und sagte eine Zeitlang gar nichts, dann aber: «Nein, ich wußte ja, daß du es nicht so gemeint hast, und natürlich war ich nicht annähernd so wütend auf dich, wie ich auf Mama Jenkins bin. Ist sie nicht ein gräßliches altes Frauenzimmer? Man hätte ihr nie das Postamt überlassen dürfen, denn jetzt *muß* man ja da reingehen. Wenn's ein einfacher Laden wäre, würde er immer leer sein.»

Sie gingen die Talstraße zurück zu Lyns Elternhaus, damit Lyn ihre Einkäufe abliefern konnte. Dann stiegen sie bergauf in Richtung der Felsen.

Oben standen sie kurze Zeit mit dem Rücken zum Tal und blickten über das tiefbraune und orangefarbene Moorland, das sich bis zum Horizont erstreckte. Der Himmel darüber war klar und leuchtend blau.

«Wie kannst du's nur ertragen, dies alles hier zu verlassen und wo anders hinzuziehen?» fragte Rachel. «Kein Wunder, daß du so wütend über den Damm bist! Früher hab ich dich und Peter Owen einfach widerlich gefunden, wie ihr da zusammen im Bus saßet und gemeine Bemerkungen über den Damm und die Wohnwagen und uns alle machtet, aber jetzt verstehe ich eure Gründe.»

«Nun ja», sagte Lyn, «ich liebe das Tal heute genauso wie immer schon, und trotzdem empfinde ich jetzt ein bißchen anders darüber. Ich habe einfach alle gehaßt, die am Damm arbeiteten, aber jetzt sehe ich ein, daß es überhaupt nichts mit diesen Menschen zu tun hat. Die leisten einfach ihre Arbeit wie alle anderen auch. Also werde ich jetzt wohl einfach die Stromverwaltung hassen müssen! Vielleicht habe ich mich in gewisser Weise jetzt schon damit abgefunden, mit dem Weggehen, meine ich. Papa hat gestern früh erfahren, daß er die Stellung bekommt, die er sich gewünscht hat, nicht sehr weit von hier, in der Gegend von Llanstadt. Und es gehört auch ein besonders hübsches Haus dazu. Wichtig für Mama. Sie zählt buchstäblich die Tage bis dahin, aber natürlich läßt sie das Papa nicht merken. Sie ist schon ganz aufgeregt. Sie sähe um zehn Jahre verjüngt aus, hat Papa heute morgen zu ihr gesagt, und darüber hat sie mindestens zehn Minuten lang gelacht. Ach, es ist herrlich, sie zusammen wieder fröhlich zu sehen, Rachel, du kannst es dir gar nicht vorstellen! Es war die letzte Zeit so schrecklich, wie sie immer nur stritten oder überhaupt nicht miteinander sprachen. Der arme kleine Emrys war selber schon ganz unleidlich geworden, und jetzt ist er auch wieder wie verwandelt. Es ist wirklich wunderbar!»

166